Erläuteru

Gotthold Ephraim Lessing
Nathan der Weise

Von Peter von Düffel

Philipp Reclam jun. Stuttgart

Lessings »Nathan der Weise« liegt unter Nr. 3
in Reclams Universal-Bibliothek vor

Universal-Bibliothek Nr. 8118

Durchgesehene Ausgabe 2000
Gesamtherstellung: Reclam, Ditzingen. Printed in Germany 2002

ISBN 3-15-008118-1

www.reclam.de

I. Wort- und Sacherklärungen

Die Kommentierung bezieht sich auf den Text und die Verszählung der Ausgabe in Reclams Universal-Bibliothek, die »Lessings sämtlichen Schriften«, herausgegeben von Karl Lachmann und Franz Muncker (L/M), folgt. Von den drei 1779 erschienenen rechtmäßigen Ausgaben des »Nathan« legen Lachmann/Muncker wie Petersen/Olshausen (P/O, vgl. Literaturhinweise) den Druck C (= 1779c) zugrunde.

Für die Erläuterungen wurde besonders Wilhelm und Jacob Grimms »Deutsches Wörterbuch« (Grimm) benutzt, daneben wurde Johann Christoph Adelungs »Versuch eines vollständigen grammatisch-kritischen Wörterbuches der hochdeutschen Mundart«, Th. 1–5 Leipzig 1774–86 (Adelung) herangezogen. Lessings eigene lexikographische Versuche, besonders das »Wörterbuch zu Friedrichs von Logau Sinngedichte« (P/O, Bd. 16, S. 234–289), sind eingearbeitet.

»Nathan der Weise« ist in Blankversen geschrieben. Dieser aus dem Englischen entlehnte Begriff (blank: ungereimt) bezeichnet reimlose Verszeilen mit alternierendem jambischen (xx́) Metrum von zehn Silben bei männlichem (der Vers schließt mit einer Hebung) oder elf bei weiblichem (der Vers schließt mit Hebung und Senkung) Ausgang. Der von gestrengen Metrikern kaum anerkannte Vers beruht auf dem fünfhebigen Jambus, einem Versmaß, das eine europäische Erfindung des frühen Mittelalters ist. In den einzelnen Nationalliteraturen erfuhr das Versmaß unterschiedliche Ausprägungen. In Frankreich, wo es durch Zäsur (Einschnitt) nach der vierten Silbe und Endreim charakterisiert ist, nennt man es seit dem 16. Jh. vers commun. In Italien entwickelte es sich zu einem Elfsilber (Endecasillabo) mit stets weiblichem Ausgang und freier Zäsur. Erst im Elisabethanischen England erhielt es seine Ausprägung als variabler, reimloser Dramenvers, der durch keine Zäsur reglementiert ist und das Enjambement (Zeilensprung) begünstigt. Während die deutschen Poeten im 16. und vor allem im 17. Jh. den vers commun nachahmten, wird der Blankvers eigentlich erst im 18. Jh. adaptiert. Das »englische, britische oder miltonische Versmaß«, wie Herder ihn nannte, wurde zuerst und ohne

Folgen in einer Übersetzung von Miltons »Paradise Lost« (»Das verlustigte Paradies«, 1682) verwendet, dann aber seit Mitte des 18. Jh.s von einer Reihe von Dramatikern ausprobiert, zuerst von Johann Elias Schlegel in dem Komödienfragment »Die Braut in Trauer«, 1749, nach einem Stück von William Congreve. Nach metrisch unfreien Versuchen von Johann Friedrich von Cronegk und Joachim Wilhelm von Brawe (»Brutus«, entstanden 1758) verwendet den Blankvers nach englischer Manier Johann Heinrich Schlegel in seinen Übersetzungen von sechs klassizistischen Trauerspielen (1758–64) von James Thomson. Wieland (»Lady Johanna Gray«, 1758, das erste aufgeführte Blankversdrama) und Klopstock (»Salomo«, 1764) variieren die vorherrschenden fünfhebigen Verse mit sechshebigen, bei Wieland finden sich auch vier-, drei- und zweihebige. Doch erst Lessings »Nathan der Weise« begründet die Stellung des Blankverses im deutschen Versdrama. Sein Vers ist charakterisiert durch häufige Enjambements und die damit verbundene auffällige Versetzung von Satz- und Versrhythmus (vgl. z. B. V. 1349–56), durch die Verszeile fast auflösende Perioden und die häufige Verteilung des Verses auf Redepartien mehrerer Personen, die Unterbrechung des Verses durch Auftritte oder Pausen (vgl. z. B. V. 789–792 u. 1326). Obwohl er, wie seinem Briefwechsel zu entnehmen ist, sechshebige Verse zu eliminieren trachtete (vgl. Kap. IV), bleiben selbst in der zweiten Ausgabe noch mindestens 18 Verse stehen, die nach strengen Maßstäben als sechshebig (bzw. zwölf- und dreizehnsilbig) zu bezeichnen sind (V. 216, 240, 250, 282, 285, 301, 585, 698, 1113, 1429, 1986, 2037, 2057, 2202, 3507, 3731, 3746, 3799), und es sind mindestens 16 vierhebige bzw. acht- und neunsilbige (136, 402, 722, 978, 1309, 1318, 1398, 1399, 1558, 1666, 2126, 2159, 2247, 2649, 2762, 3818) zu finden. Vgl. Literaturhinweise: Friedrich Zarncke, Rudolf Haller. Auf den Vers beziehen sich Stellen in Kap. IV, S. 104–106, 109; Kap. V, S. 115, 126, 134, 136 f., 142.

Titel

Ein dramatisches Gedicht: Schon in seiner »Theatralischen Bibliothek« (1. Stück, 1754) erkannte Lessing, daß die strenge Trennung von Tragödie und Komödie weder der dramatischen Gattung wesentlich noch dem zeitgenössischen Theater angemessen sei. Die Auflösung der klassizistischen kategorischen Gattungspoetik ging von Frankreich aus. »Weder das Lustspiel noch das Trauerspiel ist davon verschont geblieben. Das erstere hat man um einige Staffeln erhöhet und das andre um einige herabgesetzt« (P/O, Bd. 12, S. 117). Während er mit der »Miß Sara Sampson« (1755) die neue Gattung des bürgerlichen Trauerspiels ausprobierte, mit der »Minna von Barnhelm« (1767) die Möglichkeiten des ernsten Lustspiels voll ausschöpfte und in der »Emilia Galotti« (1772) die Tragödie dem Geschmack und der Weltanschauung des 18. Jh.s anzupassen versuchte, trieb er im »Nathan« die Mischung des ernsten und komischen Dramas weiter. Das aus rührenden, ernsten und komischen Elementen bestehende historische Familienstück erfüllt noch am ehesten Lessings Bedingungen der ernsten Komödie (»Abhandlung von dem weinerlichen oder rührenden Lustspiele«, P/O, Bd. 12, S. 157); der didaktische Charakter des »Nathan« aber widerstrebt auch dieser von Lessing getroffenen Gattungsbeschreibung, da es keineswegs durch Vermischung von Tugend und Laster seinem »Originale, dem menschlichen Leben, am nächsten kommen« möchte, sondern in ihm sich alles wunderbar dem lehrhaft-polemischen Ziel fügt. Sein transparenter Symbolismus rechtfertigt den Untertitel. Vor Lessing hatte schon Voltaire sein Drama »Les Guèbres ou la tolérance« (1769) als ein »poème dramatique« (Vorrede) bezeichnet, und Denis Diderot hatte seine Dramen »Le Fils naturel« (1757) und »Le Père de famille« (1758) ähnlich zwischen den Gattungen angesiedelt.

Introite ... Gellium: Tretet ein, denn auch hier sind Götter! Bei Gellius. Der Ausspruch wird Heraklit zugeschrieben. Lessing fand ihn in der ›Praefatio‹ zu den »Noctes Atticae« des Gellius.

Personen

Sultan Saladin: Der historische Salah-ed-Din (1138–93) stammte aus einer kurdischen Familie, die in Syrien und Ägypten zu hohen militärischen Würden gelangt war. Nachdem er seinem Onkel als Befehlshaber der syrischen Truppen in Ägypten (1169) nachgefolgt war, gelang es ihm innerhalb kurzer Zeit, auch die politische Macht zu übernehmen. Er reorganisierte das ägyptische Reich und gründete 1171 die Dynastie der Aijubiden. Durch erfolgreiche Eroberungszüge nach Syrien und Mesopotamien vergrößerte er sein Reich so, daß es den Kreuzfahrerstaat Jerusalem einschloß. Nach einem Friedensbruch der Franken schlug er 1187 ein Kreuzfahrerheer vernichtend bei Hittin (Hattin) in Nordpalästina und eroberte anschließend den größten Teil des Königreiches. Jerusalem öffnete ihm kampflos die Tore, als er großzügige Bedingungen zusicherte. Auch der dritte Kreuzzug der europäischen Fürsten änderte trotz des Anfangserfolges der Eroberung von Acres (Ptolemais) 1191 und einiger Heldentaten des Richard Löwenherz wenig an der Lage. Der zwischen Richard und Saladin ausgehandelte Waffenstillstand von 1192 gewährte zwar christlichen Pilgern freien Zugang zu den heiligen Stätten, die vormaligen Besitzungen der Kreuzritter in Palästina blieben aber bis auf den Küstenstrich von Jaffa bis Tyrus verloren. Saladin starb schon am 4. März 1193 in Damaskus. Seine Erben konnten sein Reich nicht lange zusammenhalten. Zur Charakterbeurteilung Saladins im 18. Jh. s. Kap. III, 2.

Daja: Siehe Kap. II, 3.

Tempelherr: Zu den Tempelherren schreibt Voltaire in dem von Lessing übersetzten Essay »Geschichte der Kreuzzüge«: »Was vielleicht die Schwäche des neuen Herzogthums zu Jerusalem gleichfalls erweist, ist die Errichtung (1092) der geistlichen Soldaten, der Tempelherren und der Hospitalier. [...] Die zum Dienste der Verwundeten geweihten Mönche verpflichteten sich durch ein Gelübde im Jahre 1118, sich zu schlagen, und sodann entstund auf einmal unter dem Namen der Tempelherren eine Militz, die diesen Titel deswegen annahm, weil sie nicht weit von derjenigen Kirche wohnte, die ehemals der Tempel Salomo gewesen seyn sollte. Diese Stiftungen hat man allein den Franzosen zu danken. [...] Kaum waren diese beyden Orden durch die Bullen der Päbste bestätiget, als sie reich und gegen einander eifersüchtig wurden. Sie schlugen sich ebenso oft mit einander, als wider die Mahometaner. Das weiße Kleid der Tempelherren und der schwarze Oberrock der Hospitalier war eine beständige Losung zu Schlachten« (G. E. Lessings Übers. a. d. Franz. ... Voltaires, S. 188).

Derwisch: pers. ›Bettler‹. Die mohammedanischen Bettelmönche lebten in Einsiedeleien oder Klöstern.

Der Patriarch von Jerusalem: Das historische Vorbild dieses Bischofs von Jerusalem, der Patriarch Heraklius, wird von Marin, Lessings Hauptquelle (vgl. Kap. III, 2), in den schwärzesten Farben beschrieben: Palästina »sahe endlich den infamen Heraklius – was für einen Namen sollen wir diesem Manne geben, dessen Andenken durch das Geschrey des ganzen Orients abscheulich geworden ist? – es sahe diesen infamen Heraklius den Patriarchalischen Stuhl durch die allerschandbareste Aufführung entehren« (Marin, Bd. I, S. 307). Sein erstes Bistum hatte er ebenso durch Protektion der Mutter des Königs von Jerusalem erhalten wie das Patriarchat, seine Rivalen ließ er vergiften, den Erzbischof von Tyrus ebenso wie den Mann seiner Kurtisane, der ›Frau Patriarchin‹. Als Jerusalem 1187 von Saladin eingenommen worden war, verließ er die Stadt »zuerst mit dem Gefolge der ganzen Secular- und Regular-Geistlichkeit. Er hatte die Gold- und Silberbleche, die geweihten Gefäße, und den Schatz des heiligen Grabes mitgenommen« (Marin, Bd. II, S. 70). Daß es Lessing nicht darauf ankam, diese renaissancehafte Biographie historisch korrekt nachzugestalten, belegen die Notiz Kap. II, 3 und die Anspielungen V. 2522–25.

Emir: (arab.) »Emir bedeutet einen Befehlshaber, General,

Chef, u. s. w. Die Emirs waren die ersten Personen im Staat« (Marin, Bd. I, S. 64).

Mamelucken: Urspr. Sklaven türkischer und tscherkessischer Herkunft, leisteten sie Kriegsdienste in Saladins Reich und beherrschten später (1252–1516) selbst Ägypten und Syrien. Arab. mamluk: in Besitz genommen. Vgl. Kap. II, 3.

Erster Aufzug. Erster Auftritt

8 *zweihundert Meilen:* Auf geradem Weg sind es ungefähr 140 Meilen.

10 *födert:* vorangeht, vonstatten geht. ›Födern‹ wurde im 17. und 18. Jh. nach Analogie von ›fodern‹ (für fordern) gebildet. Lessing gebraucht auch ›fördern‹ (z. B. V. 2486).

11 *von der Hand … schlagen:* eilig und oberflächlich machen, erledigen. In anderem Kontext auch: billig losschlagen.

28 *denn:* dann. Die Unterscheidung der beiden Formen wird erst Mitte des 18. Jh.s getroffen und setzt sich nur langsam durch.

48 *Ohrgehenke:* Ohrschmuck, Ohrgehänge.

65 *jede Nerve:* Nerv, Nerve. Lehnwort des 16. Jh.s aus frz. nerf, lat. nervus. Das zunächst vorwiegend feminin gebrauchte Wort bedeutet noch im 18. Jh. hauptsächlich ›Muskel, Sehne‹, wird hier aber in der heutigen Bedeutung verwendet.

77 *Küssen:* Kissen; die ältere Schreibung noch im 18. Jh. üblich (mhd. ›küssīn‹).

90 *Gewinst:* m. (auch n.); jüngere, vor allem nddt. Nebenform des späten Mittelalters zu ›Gewinn‹. Erst seit dem Ende des 18. Jh.s ist ihre Bedeutung auf den Spielgewinn und Preis eines Wettkampfes beschränkt.

94 *vors Erste:* fürs Erste; ›für‹ und ›vor‹ sind etymologisch gleichen Ursprungs. Seit dem Mittelalter werden sie wechselseitig verwendet, und es gab bis ins 18. Jh. viele Versuche, die Unterschiede festzulegen.

98 f. *Ohn alle Des Hauses Kundschaft:* ohne jede Kenntnis des Hauses; poetische Wortstellung. *Kundschaft:* Kenntnis, Wissen.

104 *Mit eins:* mit einmal.
111 *des Auferstandnen:* Christi.
120 *trat ... an:* antreten: an jmdn. herantreten, um ihm etwas zu sagen, ihn um etwas zu bitten.
132 *Traun:* wahrlich, fürwahr, wahrhaftig; »eine Partikel, welche als ein Nebenwort der Versicherung, der Beteuerung gebraucht wird. Im Hochdeutschen ist sie veraltet« (Adelung).
142 *Grille:* sonderbarer Einfall, fixe Idee, Laune. ›Grille‹ (Laune) hat denselben Weg genommen »wie grille ›heimchen‹, von süden nach norden ... wahrscheinlicher ist anknüpfung an lat. grylli (gebilde der groteskmalerei). doch wird das wort schon beim auftauchen [...] im 16. jh. vom volksbewußtsein nicht selten mit grille ›heimchen‹ identificiert« (Grimm). Vgl. V. 1857.
143 f. *Es sei ... keines irdischen:* Dieser stark verkürzte Satz würde vollständig lauten: Es sei ihr Tempelherr kein irdischer (Tempelherr) und keines irdischen (Vaters Sohn).
147 *Vertrauet:* anvertraut. Wahl des Simplex statt des sprachüblichen Kompositums, viell. aus metrischen Gründen. Vgl. auch V. 1079 *zög er* = zög er ein; V. 1154 *doppelt* = verdoppelt; V. 2933 *vertrautes* = anvertrautes.
152 *Muselmann:* Das arab. muslim (Bekenner des Islam) wird in seiner pers. Variante ›muslimân‹ in alle europäischen Sprachen entlehnt. Die Pluralbildung des im 17. Jh. ins Deutsche übernommenen Wortes zeigt die volksetymologische Adaption.
156 *launigen:* launischen, üblen Stimmungen leicht unterworfenen. ›Launig‹ wird im 18. Jh. neben ›launisch‹ gebraucht, das sich im 19. durchsetzt.
158 *Hiernieden:* hier unten auf der Erde (im Gegensatz zum Himmel).
wallen: gehen, wandeln, wallfahrten. Da Lessing das Verb in seinem »Wörterbuch« anmerkt, ist sehr wahrscheinlich, daß er es als veraltet auffaßt und hier leicht ironisch einsetzt.

Zweiter Auftritt

180 *was für Wasser all:* Unflektiertes ›all‹ ist im 18. Jh. neben dem stark flektierten in dieser Stellung möglich.

195 f. *von seinem Fittiche Verweht:* ›Fittich‹, Flügel, ist schon im 18. Jh. auf die gehobene, feierliche Sprache beschränkt. Diese syntaktisch offene Partizipialkonstruktion könnte sowohl modal (›er trug mich, indem er von seinen Flügeln fortgetragen, fortgeweht wurde‹) als auch relativ auf ›Feuer‹ bezogen werden (›das Feuer, welches von seinen Flügeln auseinandergeweht wurde, welches vom Wehen seiner Flügel verlosch‹). Der Entwurf Lessings (s. S. 53) deutet darauf hin, daß Lessing sie in dieser zweiten Bedeutung einsetzt (»... dessen weißer Fittich die Flamme verwehte«).

215 *eigentlicher:* wirklicher, richtiger. Diese Verwendung ist im 18. Jh. durchaus üblich.

226 *Subtilität:* Spitzfindigkeit (lat. Feinheit, Zartheit). Daja und später der Patriarch gebrauchen die für die christliche Kirche charakteristischen lateinischen Fremdwörter.

230 *Erst retten müssen:* verkürztes Prädikat für: erst hat retten müssen. Derlei poetische Ellipsen finden sich im »Nathan« häufiger, vgl. etwa V. 818 *spielen lernen*; V. 2037 *dulden wollen*; V. 2347 *weinen machen*; V. 2407 f. *dass Ehr' ... zu gewinnen.*

232 *eines Tempelherrn verschont:* ›verschonen‹ mit Genitivobjekt ist im 18. Jh. häufiger belegt.

234–236 *ihm je ... seinen Dolch?:* Vgl. Lessings Notiz zu Marin (Bd. I, S. 248 f.), Kap. II, 3.

235 *ledern Gurt:* Die unflektierte Form des Adjektivs wird im 18. und noch im 19. Jh. in poetischer Sprache besonders aus metrischen Gründen anstelle des grammatisch richtigen Akkusativ verwendet. Vgl. V. 897 *albern Mönch*; V. 1936 *ergießend Herz*; V. 2620 *alt Geschmeide* usw. Diese dichterische Freiheit geht zurück auf eine mhd. Konstruktion.

236 *Sein Eisen:* sein Schwert; der *Gurt* V. 235 also das Wehrgehenk.

237 *Das schließt für mich:* Das ist mir Beweis genug. Die

Wendung stellt eine Verschiebung zu ›schließen‹ (einen Schluß ziehen) dar. Sie war im späten 18. Jh. kaum noch gebräuchlich.

239 *Kömmt:* kommt. Der Umlaut in der 2. und 3. Pers. Sing. des Präsens ist sprachgeschichtlich die korrektere Form; ›kommt‹ setzt sich gegen Ende des 18. Jh.s durch. Im »Zehnten Anti-Goeze« verteidigt Lessing sein ›kömmt‹: »[...] du kommst, er kommt; im gemeinen Leben und der vertraulichen Sprechart, ›du kömmst, er kömmt‹. Also sagt man doch beides? Und warum soll ich denn nicht auch beides schreiben können? Wenn man in der vertraulichen Sprechart spricht: ›du kömmst, er kömmt‹, warum soll ich es denn in der vertraulichen Schreibart nicht auch schreiben können? Weil Ihr und Eure Gevattern nur das andre sprecht und schreibt?« (P/O, Bd. 23, S. 248).

240 *zum gewissen Tode:* zum sicheren Tode; in diesem Gebrauch veraltet.

260 *sein Geschwister:* seine Geschwister. Die pluralisierte Bildung zu ›Schwester‹, die erst die Bedeutung ›Schwestern‹, später ›Schwestern und Brüder‹ trägt, wurde im 18. Jh. vereinzelt von Lessing, Goethe u. a. als kollektiver Singular aufgefaßt.

266 *Seit wenn?:* seit wann. Der Gebrauch von ahd. (h)wanne, wenne ist für fast alle Verwendungsmöglichkeiten bis ins 18. Jh. austauschbar. Gottsched diktiert allerdings schon die heutigen Funktionen von ›wann‹ und ›wenn‹.

273 *unbändigsten:* maßlosesten, wildesten.

280 *Augenbraunen:* ›Augenbraune‹ ist die im 18. Jh. vorherrschende Variante des heutigen ›Augenbraue‹.

283 *Ein Bug:* eine Krümmung; ahd. puoc, mhd. buoc bedeuten ›Gelenk, Biegung des Arms und Knies‹, wurden aber auch auf andere Gegenstände bezogen.

310 *an dem Tage seiner Feier:* an seinem Feiertage, hier Gedenktag eines Engels wie eines Heiligen in der kath. Kirche. Die Trennung (Tmesis) eines Kompositums oder eines zusammengehörigen Begriffes ist ein in der antiken Rhetorik geläufiges Stilmittel.

311 *Almosen:* Wohltat, milde Gabe. Aus griech. ἐλεημοσύνη

(Erbarmen), mlat. eleemosyna wird ahd. alamuosa, mhd. almuosen. Schon Luther beklagt sich, daß der urspr. Wortsinn so heruntergekommen sei.

311 f. *mich Deucht:* mir scheint, mich dünkt. Im 15. Jh. taucht für das Verb ›dünken‹ (Imperf. däuchte) auch die Präsensform ›deucht‹ auf. Im 17. Jh. kam der Infinitiv dazu. Die Neigung zu regelmäßigen Verben schuf ebenfalls ›dünkte‹ zu ›dünken‹. Während etwa Klopstock meistens ›mich deucht‹ schreibt, findet es sich bei Lessing seltener. Vgl. V. 1859.

323 *Vergnügsam:* zufrieden. Die Bedeutung ›genügsam‹ tritt selten in diesem Adjektiv auf, das gewöhnlich als ›vergnüglich‹ (heiter, fröhlich) verstanden wird.

334 *Ein Franke:* Seit dem ersten Kreuzzug (1096–99), der von Frankreich ausging, wurden im Vorderen Orient alle europäischen Christen ›Franken‹ genannt.

364 *dürfen:* brauchen, nötig haben, müssen. Vgl. V. 1505 u. 1873.

372 *Itzt:* jetzt. Obwohl sich im 18. Jh. die heutige Form durchgesetzt hat, hielt sich die verkürzte noch in der Dichtung.

375 *Hinein mit Euch:* Ein Fremder kommt, vor dem Frauen nicht unverschleiert erscheinen dürfen.

Dritter Auftritt

382 *Beim Propheten!:* Bei Mohammed! Charakteristischer mohammedanischer Ausruf, vergleichbar dem dt. ›bei Gott‹.

386 *Warum:* Bis gegen Ende des 18. Jh.s steht ›warum‹ unterschiedslos auch für ›worum‹ (um was). Die von den Grammatikern in Analogie zu ›worauf‹ getroffene Unterscheidung setzt sich im Laufe des 19. Jh.s durch.

392 *des:* dessen; die alte Form des Genitivs Singular des Relativpronomens.

400 *Kellner:* Kellermeister.

402 *worden:* Die präfixlose Partizipialform ›worden‹ wird bis zum Ende des 18. Jh.s neben ›geworden‹ gebraucht. Die Grammatiker engen dann ihre Funktion

ein, so etwa Adelung, der ›worden‹ dem Hilfsverb zuweist, während er ›geworden‹ als Morphem der Tempusbildung aufgefaßt haben will.

406 *jeder Bettler ist von seinem Hause:* wird so angesehen, behandelt und bewirtet, als gehöre er zum Hause.

408 *mit Strumpf und Stiel:* sprichwörtlich für: vollkommen, gänzlich. ›Strumpf‹ (Stumpf, Rumpf) ist seit dem späten Mittelalter belegt. Es wurde bis ins 18. Jh. verwendet, wenn auch zuletzt rein formelhaft, und durch die seit dem 16. Jh. vorkommende Variante ›mit Stumpf und Stiel‹ verdrängt.

411 *trotz einem!:* so gut als einer; geläufige Redewendung seit dem 16. Jh. (vgl. V. 1067 und 2552).

418–421 *Es taugt ... weniger:* Zu dieser Maxime vgl. Kap. II, 2.

419 *Äser:* seltener Plural von ›Aas‹.

422 *Kommt an:* kommt, kommt; kommt her. Der Imperativ wird im 18. Jh. zuweilen noch im Sinne einer Interjektion verwendet.

425 *wuchern:* etwas einbringen, Zinsen bringen. Diese Bedeutung der Ableitung zu ›Wucher‹ ist seit dem 16. Jh. gebräuchlich.

432 *Scheidebrief:* Scheidungsurkunde; in freier Verwendung für: sich von jemand lossagen, trennen.

437 *Ihr schüttelt?:* Ihr schüttelt den Kopf (Zeichen der Mißbilligung). ›Schütteln‹ steht zuweilen für die ganze Wendung.

440 *Was ich vermag:* was ich besitze.

441 *Defterdar:* pers., Schatzmeister.

444 *Was Ihr am Hafi unterscheidet:* zwei Eigenschaften: den Derwisch und den Schatzmeister.

450 *Ganges:* heiliger Strom der Inder. Vgl. V. 1489 ff.

456 *im Hui:* im Nu, im Augenblick. Seit dem 16. Jh. wird die Interjektion auch als Substantiv (m. oder f.) gebraucht.

458 *Weit etwas Abgeschmackters:* etwas weit Geschmackloseres, Banaleres. Es hat sich nur das Partizip Perfekt des schon im 18. Jh. seltenen Verbs ›abschmecken‹, den Geschmack verlieren, schlecht schmecken, halten können.

464 *Dein Vorfahr:* Vorgänger. Das Wort ist im 18. Jh. in dieser Bedeutung noch üblich, wird dann aber bald auf das verwandtschaftliche Verhältnis eingeschränkt.

465 *unhold:* widerwillig, ungnädig.

470 *filzig:* schändlich geizig. Das Adjektiv ist abgeleitet von ›Filz‹ und wird vor allem in übertragenem Sinn gebraucht. Lessing verzeichnet das Substantiv in seinem »Wörterbuch zu Logaus Sinngedichten«.

477 *des Voglers Pfeife:* die Lockpfeife des Vogelstellers.

478 *Gimpel:* Dieser alte, seit dem 9. Jh. belegte Vogelname (Dompfaff, Fink) wurde auch übertragen als Schimpfwort für einen beschränkten, leichtgläubigen Menschen, einen Einfaltspinsel verwendet.

Geck: eigtl. ›Narr‹ (vgl. Karnevalsgeck), heute in der Bedeutung verengt auf einen eitlen, stutzerhaften Menschen.

481 *Bei Hunderttausenden:* zu Hunderttausenden.

482 *Ausmergeln:* das Mark aussaugen. Ableitung von ahd. marag, mark.

485 *sonder:* ohne. Im Nhd. wird ›sonder‹ nur noch als Präposition gebraucht, die gewöhnlich den Akkusativ regiert. Adelung erklärt sie für veraltet und nur in der dichterischen Sprache für statthaft.

502 *hier!:* Die aus dem nddt. ›hier kommen‹ verkürzte Aufforderung ist im 18. Jh. von norddt. Schriftstellern in die Schriftsprache eingeführt worden.

Vierter Auftritt

514 *Ihr gierig Aug':* gierig: verlangend. Flexionslose attributive Form des Adjektivs beim Substantiv als Rest alten Sprachgebrauchs, meist aus rhythmischen Gründen angewendet. Vgl. V. 977 *Seit wenig Monden.*

517 *anzugehn:* angehen: sich an jmdn. wenden, jmdn. befragen, ersuchen, auffordern; »in dem eigentlichsten Verstande, für anfallen« (Wörterbuch zu Logau). Lessing hielt ›angehen‹ in dieser Verwendung für eins der ausgestorbenen Wörter.

519 f. *ab Sich schlägt:* sich abschlagen: vom Weg abkommen; hier: weggehen.

523 *Biedermann:* Ehrenmann. Ableitung von ›bieder‹, nützlich, rechtschaffen; »ist zum Teil noch üblich« (Wörterbuch zu Logau).
524 *Absein:* Abwesenheit.
527 *All umsonst:* ganz umsonst. Die adverbiale Verwendung des unflektierten ›all‹ ist im 18. Jh. häufig.
527 f. *Er kömmt Euch nicht:* Er kommt nicht zu Euch. Diese im Mhd. übliche Konstruktion findet sich im Nhd. nur noch in dichterischer Sprache.

Fünfter Auftritt

532 *vor langer Weile:* aus Langeweile.
533 *Bruder:* Die ›fratres‹, Laienbrüder, haben nur das Gelübde des Gehorsams geleistet und verrichten die niedrigen Dienste im Kloster.
534 *Vater:* Die Mönche in der Klostergemeinschaft werden ›pater‹, Vater, betitelt.
541 *Ward ich:* wurde ich. Der ahd. Singular des Präteritums wurde schon früh durch den Pluralvokal egalisiert. Beide Formen treten bis ins 18. Jh. nebeneinander auf. Adelung stellt in seiner »Grammatik« (S. 279) fest, daß im Imperfekt des Indikativs in der ersten und dritten Person ›wurde‹ im gemeinen Leben, ›ward‹ aber in der edleren Schreibart üblicher ist.
545 *komm':* Der Konjunktiv I steht hier in imperativischer Funktion.
550 f. *verstopft ... Geblüt:* Der gute Rat bezieht sich auf die psychosomatische Lehre der vorwissenschaftlichen Medizin und Psychologie, deren Hypothesen bis ins 18. Jh. für erwiesen galten. Unter den vier Körpersäften hielt man die schwarze Galle, die die Milz produziere, verantwortlich für trauriges, verzweifeltes, mißtrauisches und resigniert-zynisches Verhalten. Menschen mit einem ständigen Übermaß an schwarzer Galle rechneten zum Typ der Melancholiker. Der vorübergehende Überfluß der schwarzen Galle im Blut, der vor allem von der Verstopfung der Milz herrühren könne, wurde als die Ursache für einen krankhaft traurigen Gemütszustand erkannt.

555 *sich erkunden:* nachforschen. Das Verb ist im Ahd. und Mhd. nicht belegt; es kommt erst seit Luther häufig vor, auch noch im 18. Jh. Lessing verzeichnet es im »Wörterbuch«.

557 *Ein verschmitzter Bruder!:* ein verschlagener, schlauer Laienbruder. Das Part. Perf. ›verschmitzt‹ des im 17. Jh. ausgestorbenen ›verschmitzen‹, mit Ruten schlagen, quälen, hat sich in übertragener Bedeutung gehalten.

560 *klügeln:* überlegen argumentieren, klug tun, besser wissen. Diese Ableitung geht möglicherweise auf Luther zurück, der das Verb oft polemisch für das selbstsichere Philosophieren im Gegensatz zum Glauben verwendet.

566 *frommte mir's:* nützte mir es. Lessing verzeichnet es im »Wörterbuch«.

567 *neubegierig:* heute veraltete Form.

573 *Tebnin:* »eine sehr gut verwahrete Vestung über Ptolemais, an der Sidonschen Heerstraße« (Marin, Bd. II, S. 32). Sie wurde 1187 den Kreuzfahrern wieder entrissen.

574 *Stillstand:* Waffenstillstand. Zum historischen Waffenstillstand von 1192 s. Anm. zu V. 632 u. 854.

576 *Sidon:* alte und bedeutende Stadt am Mittelmeer im Libanon, östl. vom heutigen Saïda. Sie gehörte seit 1111 zum Kreuzfahrerstaat, wurde aber 1187 von Saladin erobert.

577 *Selbzwanzigster:* ich selbst mit 19 anderen, ich selbst bin in der Gruppe der zwanzigste. Das gemeingerm. Morphem ›selb‹ in Verbindung mit Ordinalzahlen ist bis in nhd. Zeit hinein lebendig. Lessing notiert es als eine Art des persönlichen Fürworts, »die nur in einigen Provinzen gewöhnlich, unsern neuern guten Schriftstellern aber fast gar nicht üblich ist. Sind sie hierin nicht vielleicht zu ekel? Wenigstens werden sie gestehen müssen, daß ihnen diese Fürwörter mehr als Ein unnützes Wort ersparen könnten, wenn sie den Begriff auszudrücken haben, daß sich die Person, von welcher die Rede ist, nicht allein, sondern mit einem,

zweien oder mehrern in Gesellschaft befunden« (Wörterbuch zu Logau).

591 *Der Patriarche:* gr.-lat., Erzvater. Das grammatisch überflüssige ›e‹ scheint Lessing aus metrischen Notwendigkeiten angefügt zu haben.

593 *aufbehalten:* aufbewahrt, aufgehoben; häufig von Gott.

622 *sich ... besehn:* sich umsehen.

632 *König Philipp:* Philipp II. (1165–1223), König von Frankreich, verständigte sich 1189 mit Richard Löwenherz, und sie beschlossen, gemeinsam den Kreuzzug zu führen. Doch schon während der Seefahrt zerstritten sich die Könige. Bei der Belagerung von Ptolemais (Acre) wurde Philipp krank und kehrte nach der Eroberung nach Frankreich zurück. Auch hier verfügt Lessing souverän über die Fakten, denn zur Zeit des Waffenstillstands (1192) hatte Philipp längst eine Allianz mit dem Kaiser Heinrich IV. und Prinz Johann von England gegen Richard geschlossen.

640 f. *im Fall Es:* falls. ›Im Fall‹ steht mit folgendem oder weggelassenem ›daß‹.

641 *völlig:* richtig, im Sinne von ›ganz und gar‹.

643 *dem König Philipp wissen lassen:* den König ... Der personale Dativ, der schon im Mhd. belegt ist, wird im 18. Jh. häufiger gebraucht; so etwa von Lessing, während Goethe neben dem Dativ auch den Akkusativ setzt.

647 *brav:* tüchtig, tapfer, redlich. Das aus ital.-span. bravo, frz. brave übernommene Adjektiv bürgerte sich wahrscheinlich über die Soldatensprache während des Dreißigjährigen Krieges ein; es wird hier ironisch verwendet.

661 *ausgegattert:* ausfindig gemacht, herausgefunden. ›Ausgattern‹ ist umgangssprachlich.
Veste: Festung, Burg, befestigtes Bauwerk.

662 *auf Libanon:* Namen von Bergen usw. standen wie sonstige Eigennamen urspr. ohne Artikel, wenn sie nicht Appellative waren. Lessing verwendet altertümliche artikellose Formen in einer Reihe von Fällen. Vgl. V. 1911 *in Osten*, V. 2947 *auf Tabor.*

664 *Saladins ... Vater:* Historisch daran ist nur, daß Saladins Vater Aijub während des Wesirats seines Sohnes die Finanzverwaltung in Ägypten übernommen hatte. Zum Zeitpunkt der Handlung war er schon fast 20 Jahre tot. Vgl. Marin, Bd. I, S. 156; s. auch V. 906 *Ich war auf Libanon, bei unserm Vater.*

665 *Zurüstungen:* Vorbereitungen, Aufrüstung.

673 *Maroniten:* Mitglieder der syrischen christlichen Kirche, die sich mit der römischen unter dem Einfluß der Kreuzritter 1181 unierte. Der Name ist auf den hl. Maro (gest. 422) zurückzuführen.

678 *Ptolemais:* Akka, St. Johann von Acre. Syrische Stadt am Mittelmeer, die am längsten von den Kreuzfahrern beherrscht wurde. Nachdem Saladin sie 1187 erobert hatte, wurde sie drei Jahre lang von Kreuzfahrertruppen belagert und fiel erst nach Eintreffen der englischen und französischen Kontingente.

685 *Bubenstück:* gemeiner Streich. Bube: Lallform wie ›Mama‹ u. ä., von der Grundbedeutung ›Junge‹ über ›Knecht‹, bes. ›Troßknecht‹, zu ›zuchtloser Mensch, Schurke‹ gelangt.

699 *begnadet:* begnadigt.

701 *eingeleuchtet:* auffiel, zu sein schien.

709 *leugst du:* lügst du. Das mhd. ›liegen‹ wird auch im Nhd. beibehalten und seit dem 16. Jh. ›ich liege, du leugst, er leugt‹ konjugiert. Erst in der zweiten Hälfte des 17. Jh.s entwickelt sich in Norddeutschland ›lügen‹, das sich seit Mitte des 18. Jh.s durchzusetzen beginnt.

711 *Galle:* Das Wort ist urverwandt mit griech. χόλος. Die Galle spielte eine bedeutende Rolle in der Psychologie (in der Affekten- und Temperamentenlehre) bis ins 18. Jh. hinein. Vgl. ›schwarze Galle‹ in der Anm. zu V. 550 f. Der eigentliche Gallensaft wurde als ›gelbe Galle‹ bezeichnet, die zorniges, bitteres Verhalten versache. Ihr Vorherrschen unter den Körpersäften determiniere den cholerischen Typ. Hier scheint ›Galle‹ als Metapher für den Affekt des Zorns verwendet zu sein. Vgl. V. 1623 f. *in Augenblicken ... der Galle.*

Sechster Auftritt

715 *mich dünkt:* Vgl. Anm. zu V. 311 f.
ließ: verließ. ›Lassen‹ ist in dieser Bedeutung sehr oft im 18. Jh. belegt.

716 f. *mein Paket ... wagen:* sprichwörtlich: den Handel wagen, etwas von zweifelhaftem Erfolg unternehmen. Die Wendung ist im 16. Jh. dem frz. ›risquer le paquet‹ nachgebildet worden.

734 *Spezereien:* Gewürzen. Lehnwort aus mlat. speciaria, ›aromatischer Pflanzensaft‹.

735 *Steinen:* Edelsteinen.

736 *Sina:* alter Name für China.

742 *das Nämliche:* dasselbe (eigtl.: soeben namentlich genannt). Der pronominale Gebrauch von ›nämlich‹ war im 18. Jh. umstritten. Gottsched und Adelung verdammten ihn, und Goethe scheint die Form gemieden zu haben.

757 *ein edler Knecht:* Reiter, niedriger Adliger im Kriegsdienst. Noch im 17. Jh. hatte das Wort seine urspr. ehrenvolle Bedeutung; doch auch im 18. Jh. wird es zuweilen archaisierend in dieser Weise verwendet.

758 *In Kaiser Friedrichs Heere:* Kaiser Friedrich I., Barbarossa (geb. 1121, König seit 1152), hatte sich auf dem Reichstag zu Mainz (Ostern 1188) zu dem Kreuzzug verpflichtet. Er bereitete seinen Durchzug durch den Balkan und das Oströmische Reich diplomatisch vor und brach im Mai 1189 in Regensburg auf. Trotzdem gab es Schwierigkeiten mit dem Kaiser Isaak Angelus, der sich mit Saladin verbündet hatte, um die Schutzherrschaft über die heiligen Stätten zu erhalten. Nachdem die Kaiser sich arrangiert hatten und Barbarossa nach Kleinasien übergesetzt war, ertrank er im Juni 1190 im Flusse Saleph (Kalykadnos) in Armenien. – Chronologisch ist Dajas Erzählung nicht möglich, wenn sie Rechas Pflegemutter gewesen ist (vgl. V. 3579 f.).

771 *Eräugnet:* ereignet; die Schreibung ›eräugnen‹ bis ins 18. Jh. gebräuchlich.

773 *erkund:* erkundige; vgl. Anm. zu V. 555.

Zweiter Aufzug. Erster Auftritt

791 *unbedeckt:* ohne Deckung.

792 *die Gabel:* Fachterminus des Schachspiels, der eine Position bezeichnet, in der eine Figur zwei gegnerische bedroht und im allgemeinen eine schlagen kann.
Schach: Ruf des Spielers, wenn er den König des Gegners zu nehmen droht; ›Schach dem König!‹ bedeutet Entscheidung und Ende der Partie.

793 *Ich setze vor:* vorsetzen: eine deckende Figur vor den bedrohten König setzen (zum Schutz vor etwas halten).

800 f. *das warst du nicht Vermuten?:* das hast du nicht vermutet, erwartet. Im 18. Jh. wurde ›vermutend sein‹ modisch, und zuweilen ist das Partizip zu ›vermuten‹ geschwächt worden.

805 *Dinar':* Dinar: arabische Goldmünze, deren Münzbild nur aus Schriftzeichen besteht. Sie wurde in allen arabischen Staaten bis ins 13. Jh. geprägt und auch von den Kreuzfahrern nachgemacht.
Naserinchen: Naseri, kleine Silbermünze, die unter Saladin in Ägypten und Syrien geprägt wurde.

812 *Satz:* Einsatz. In dieser Bedeutung ist die ablautende Bildung zu ›setzen‹ bis zu Beginn des 19. Jh.s gebräuchlich.

816 *Zum wenigsten:* zumindest.

820 *doppelt Schach!:* König und Dame sind bedroht; die Dame geht verloren.

821 *Abschach:* Abzugsschach. Eine Figur wird gezogen und ermöglicht der hinter ihr stehenden, den feindlichen König zu bedrohen.

828 f. *Wie höflich ... müsse:* Anspielung auf Saladins ritterliches Verhalten der Königin Sybille gegenüber, der er 1187 erlaubte, ihren gefangenen König von Jerusalem, Guy de Lusignan, zu besuchen; auch die Gemahlin des Fürsten Balian ließ er frei abziehen, während der Fürst gegen ihn Krieg führte.

833 *matt!:* eigtl. mât schâh, d. h. ›Der König ist tot‹, Ende des Spiels.

839 *die glatten Steine:* Der Islam verbietet Abbildungen.

Strenge Mohammedaner spielen deshalb mit Steinen, die Figuren nicht einmal stilisiert darstellen, sondern nur eine Wertbezeichnung tragen. Solche Steine benutzt Saladin sonst nur im Spiel mit dem Iman (vgl. Anm. zu V. 841); sie erfordern natürlich größere Aufmerksamkeit als Figuren.

840 *Beständig:* ständig.

841 *Iman:* Imam; »im engern Verstande bedeutet dieses Wort einen Mann, der den Moscheen vorsteht, und im vorzüglichsten Verstande, das Haupt der Muselmanischen Religion. In den vornehmsten Städten sind besondere Imams, die man mit unsern Bischöffen [...] vergleichen könnte« (Marin, Bd. I, S. 133 f.). Zedlers »Universal-Lexicon« belegt, daß der Endkonsonant schwankte. Sonst bedeutet ›Iman‹: der rechte Glaube im Islam.

846 *stumpfen:* abstumpfen, mildern. Das Faktitivum zum Adjektiv ›stumpf‹ ist seit dem 12. Jh. belegt und wird im 19. Jh. durch ›abstumpfen, stumpf machen‹ ersetzt. Besonders im 18. Jh. wurde es häufig in der Bedeutung ›mildern, aufheben, beseitigen‹ gebraucht.

851 *gieriger:* eifriger.

854 *Stillestand:* Die Stelle spielt auf den Waffenstillstand von 1192 an, dessen Verhandlungen seit der Belagerung von Ptolemais (Acre) zwischen Richard II. und Saladin geführt wurden. »Man machte also, nicht einen beständigen Frieden, sondern einen Stillstand auf drey Jahre und drey Monate« (Marin, Bd. II, S. 292).

857 *Richards Bruder:* Prinz Johann, der spätere König Johann I. von England (1166–1216). Dieser Teil des vorgeschlagenen Handels ist Lessings Erfindung.

858 *deinen Richard:* Richard I. (1157–99) Löwenherz, König von England und der Normandie, landete im Juni 1191 in Palästina und unterstützte sofort die Belagerer von Ptolemais (Acre). Er war maßgeblich an der Eroberung der Stadt beteiligt. Während der 16 Monate im Heiligen Land erwarb er sich mit wilden Heldentaten den Ruhm, der die geschichtliche Grundlage für die Legende des tapferen Ritters bildete, und eine

Reihe bedeutender Feinde unter den christlichen Fürsten. Vor seiner Abfahrt (1192) schloß er einen dreijährigen Waffenstillstand mit Saladin. Sein Vorschlag, Saladins Bruder Malek el Adel mit seiner Schwester Johanna, der Witwe des Königs von Sizilien, zu verheiraten und beide das Königreich Jerusalem regieren zu lassen, wurde von kirchlicher Seite abgelehnt. Auf der Rückreise wurde er von Leopold von Österreich gefangengenommen und erst nach zwei Jahren gegen ein Lösegeld freigelassen.

860 *zu Teile worden:* seine Frau geworden.

866 *des schönen Traums ... gelacht:* ›Lachen‹ wird bis ins 19. Jh. mit dem Genitiv gebraucht, der das Objekt der Tätigkeit (heute: über) bezeichnet.

870 *wirzt:* ältere Schreibung neben ›würzt‹; würzen: beigemengt sein, wertvoll machen. Seit der Mitte des 18. Jh.s häufig in übertragener Bedeutung.

886 *Männin:* Diese Bildung aus ›Mann‹ dient zunächst zur Übersetzung der Vulgatastelle, 1. Mose 2, 23. Später bürgert sie sich in der gewählten Sprache ein.

892 *Acca:* Vgl. Anm. zu V. 678.

894 *schlechterdings:* durchaus, einfach.

903 *Was irrte dich:* Was machte dich zornig, irritierte dich? Diese bis ins 19. Jh. gebräuchliche Verwendung des transitiven ›irren‹ weist auf die Verschmelzung zweier Verben mit verschiedener Form und Bedeutung zurück. Das transitive ahd. ›irran‹ (behindern, irre leiten, durcheinanderbringen) fällt schon im mhd. ›irren‹ mit dem intransitiven ›irrôn‹ (sich irren) zusammen.

908 *es klemmt sich:* es stockt, hapert. Faktitivum zum Adjektiv ›klemm‹ (klamm, enge, knapp).

Zweiter Auftritt

948 *als sie:* wie sie; ›als‹ hat bis ins 18. Jh. dieselbe Funktion wie ›wie‹. Vgl. auch V. 987 f.

953 *Mummerei:* Verstellung, Maske, Verkleidung. Das nach dem span. momo (Grimasse) und afrz. momon gebildete Wort bürgerte sich Anfang des 16. Jh.s ein.

958 *bescheiden:* zurückhaltend; hier wohl: verschwiegen.

962 *sich verbitten:* sich etwas erbitten.
976 *ausgeworfen:* als Betrag für Hofhaltung usw. festgesetzt hast, gezahlt hast.
977 *Seit wenig Monden:* seit wenigen Monaten. In poetischer Sprache wurde ›Mond‹ in dieser Bedeutung bis ins 19. Jh. verwendet. Allerdings wird es wie urspr. schwach dekliniert (die Monden), während das Konkretum seine Flexion geändert hatte.
981 *beiher:* nebenher, nebenbei.
990 *Ein Kleid ... Gott!:* überlieferte Maxime; vgl. Kap. II, 3.
1002 *Abbrechen:* einschränken, sich etwas versagen, abziehen, erübrigen, verkürzen.
einziehn: seinen Aufwand vermindern, verkürzen, einstellen; bes. in der Redewendung: allen Aufwand einziehen.
1005 *was kann das machen?:* was kann das ausmachen?
1007 *abdingen:* abhandeln, einen Nachlaß abhandeln.
1013 *drosseln:* den Hals zuschnüren, erdrosseln. Die präfixlose Form ist im 18. Jh. häufiger belegt. Das Zuschnüren der Drossel (Gurgel) war im Orient eine ehrenvollere Hinrichtungsart als das Pfählen, wobei dem Hinzurichtenden ein spitzer Pfahl (Spieß) von unten durch den Leib getrieben wurde.
1015 *Auf Unterschleif:* bei einer Unterschlagung, bei der Benachteiligung der öffentlichen Kasse, Veruntreuung der Staatsgelder. Dieser juristische Terminus beruht auf einer frühnhd. Rückbildung aus mhd. underslei(p)fen, etwas heimlich zur Seite bringen. Er ist verwandt, doch nicht zu verwechseln mit dem älteren ›Unterschleif‹ = Zuflucht.
1020 f. *auf dem Trocknen sein:* kein Geld mehr haben, in Verlegenheit sein. Die urspr. nautische Redewendung ist vom Studentenjargon übernommen worden.
1022 *mach Anstalt:* reg dich, mach Anstalten. Der Singular ist im 18. Jh. üblich.
1035 *Mich denkt des Ausdrucks:* Ich erinnere mich an den Ausdruck. Das Genitivobjekt wurde erst im 19. Jh. durch ein präpositionales ersetzt. Die unpersönlichen Fügungen schwanken zwischen ›es denkt mir‹ und ›es

denkt mich‹ für ›ich erinnere mich‹. Lessing kommentiert im »Wörterbuch«: »Wir erinnern, im Vorbeigehen, daß man einen Unterschied machen könnte unter ›denken‹, cogitare, und unter ›gedenken‹, recordari. Doch der Unterschied ist schon gemacht, wird nur nicht allemal beobachtet.«

1058 *ein ander Bild:* Unflektiertes ›ander‹ ist in der poetischen Sprache des 18. Jh.s durchaus üblich.

1067 *trotz Saladin:* ebenso wie, so gut wie. Im vergleichenden Sinne ist die Präposition seit dem 16. Jh. üblich.

1070 *Parsi:* indische Anhänger Zoroasters, des Begründers des persischen Feuerkults, die im 8. Jh. aus Persien ausgewandert sind und seitdem in der Gegend von Bombay leben.

1075 *Nicht sich?:* nicht für sich?

1076 *gemeinen:* gewöhnlichen, landläufigen.

1078 *Lohn von Gott:* gekürzte Dankesformel für: Lohn von Gott werde dir. Vgl. Formeln wie: Vergelt's Gott!

1079 zög *er:* zöge er ein, empfinge er (Gewinn ziehen).

1082 *Gesetz:* die Lehre und das Sittengesetz eines Glaubens, hier: das mosaische Gesetz.

1086 f. *übern Fuß ... gespannt:* Redewendung: in gespanntem Verhältnis stehen, ohne gerade Feinde zu sein, wahrscheinlich vom Ringkampf her.

1092 *Mohren:* Mauretanier, Neger. Die lat. Bezeichnung für Nordwestafrikaner ›Maurus‹ erscheint im Ahd. als ›mōr‹ und wird analog zum Gebrauch in anderen europäischen Sprachen auf alle Mitglieder der schwarzen Rasse verallgemeinert.

Dritter Auftritt

1098 *Betriegen:* betrügen; die Schreibung ›betriegen‹ noch im 18. Jh. üblich (mhd. ›triegen‹).

1103 ff. *Salomons und Davids Gräber ...:* Im Grabe Davids und Salomons sollen, so berichtet der jüdische Historiker Flavius Josephus (geb. 37 n. Chr.) in seinen »Antiquitates Judaicae« unermeßliche Schätze verborgen liegen; allerdings sollen übernatürliche Kräfte schon Herodes daran gehindert haben, sie an sich zu bringen. An diesen sagenhaften Bericht schließen sich weitere Sagen an.

1104 *Siegel:* übertragen für: geheimnisvoller Verschluß.

1115 *Mammon:* Reichtum, Geld und Gut. Das im Neuen Testament mehrmals gebrauchte chaldäische Wort ›mâmôn, mammôn‹ blieb in der Vulgata als Personifikation des Reichtums unübersetzt, und auch Luther benutzte es in diesem Sinn.

1116 *Saumtier:* Lasttier. Ahd. und mhd. ›soum‹ (Last) ist aus dem vulgärlat. ›sauma‹ (Packsattel) entlehnt, das selbst auf das gleichbedeutende griech. σάγμα zurückgeht.

1118 *eh':* früher; veralteter Komparativ aus mhd. ›ê‹.

1125 *eingestimmt:* im Einklang, harmonisch.

1142 *Haram:* türk. Harem, ›Frauengemach‹. Diese weniger gebräuchliche Form basiert auf arab. haram, ›verboten‹.

Vierter Auftritt

1154 *doppelt:* verdoppelt. ›Doppeln‹ wird im 16. Jh. gebildet und später durch ›verdoppeln‹ ersetzt.

1157 *Sich … ließe:* sich lassen: sich den Anschein geben.

1169 *bergen:* verbergen, verhehlen. Diese Bedeutungsvariante des alten Wortes (ahd. perkan) hat sich aus der Bedeutung ›verstecken‹ entwickelt.

Fünfter Auftritt

1191 *scheu ich mich des Sonderlings:* scheu ich mich vor dem Sonderling.

1192 *raue:* neue Schreibung von ›rauhe‹.

1202 *Verzieht:* verweilt, wartet. In diesem Sinne wurde ›verziehen‹ bes. im 16. und 18. Jh. gebraucht.

1213 f. *dem Ersten Dem Besten:* dem Erstbesten, jedem.

1218 f. *in die Schanze … schlagen:* aufs Spiel setzen. Mhd. ›schanze‹ ist um 1200 von afrz. ›cheance‹ (Glückswurf, Spiel, Einsatz, Wechselfall) entlehnt worden. Seit dem 16. Jh. ist die Redewendung geläufig.

1235 *verreden:* schwören, geloben, daß etwas nicht mehr geschieht.

1237 *Stich:* Naht; Synekdoche von ›der Nadelstich‹.

1238 *Fetze:* pejorativ für Stoff; Lappen, Lumpen (Fahne).

1262 f. *Ich find ... Euch aus:* Ich durchschaue Euch. Diese übertragene Bedeutung von ›ausfinden‹ hält Grimm für oberdeutsch.

1268 *Floht ihre Prüfung:* Ihr erspartet ihr die Versuchung, die Ihr für sie gewesen wäret. ›Prüfung‹ (Erprobung) erhält diese Bedeutung als theologisches Fachwort, wo es die von Gott veranstalteten Umstände bezeichnet, in denen eine Person gezwungen ist, sich moralisch zu entscheiden.

1279 *Mann:* Die allegorische Redeweise hätte an dieser Stelle ›Baum‹ erfordert. Allerdings findet sich dafür kein Beleg, und so muß angenommen werden, daß Lessing hier bewußt das im 18. Jh. geläufige Bild metaphorisch einsetzt.

1283 *mäkeln:* kleinlich tadeln. Nddt. ›mäkeln‹ geht in die Schriftsprache als ›makeln‹ (Geschäfte vermitteln) ein. Mitte des 18. Jh.s wird es in der obigen Bedeutung zuerst gebraucht und von Herder und Lessing in die Schriftsprache eingeführt.

1284 *Nur muß ... vertragen:* Sprichwort: einer muß des andern Fehler dulden. *Knorr:* Ast, Knoten. *Knuppen:* Klotz, Geschwulst.

1285 *Gipfelchen:* Wipfel, Baumspitze. Diese seit dem 15. Jh. geläufige Bedeutung tritt seit dem 18. Jh. immer mehr hinter ›Gipfel‹ (Bergspitze) zurück; seltene Diminutivform.

1285 f. *sich nicht vermessen ... nicht entschossen:* Auffällig ist, daß dem negierten ›sich vermessen‹ (sich überschätzen, sich überheben) eine weitere Verneinung folgt, die den bildlich gefaßten Gedanken rhetorisch wirkungsvoll ausdrückt.

1288 *Menschenmäkelei:* kleinliches Schlechtmachen, Kritisieren von Menschen; Neubildung Lessings.

1290 *das auserwählte Volk:* Grundlage der jüdischen Religion ist der Bund zwischen Jehova und dem Volk Israel. Im 5. Buch Mose, 7, 6–8, werden seine Voraussetzung und sein Inhalt besonders deutlich: »Denn du bist ein heiliges Volk dem Herrn, deinem Gott. Dich hat der Herr, dein Gott, erwählt zum Volk des Eigentums aus allen Völkern, die auf Erden sind. Nicht hat euch der Herr angenommen und euch erwählt, weil ihr größer wäret als alle Völker – denn du bist das kleinste unter allen Völkern –, sondern weil er euch geliebt hat und damit er seinen Eid hielte, den er euren Vätern geschworen hat. Darum hat er euch herausgeführt mit mächtiger Hand und hat dich erlöst von der Knechtschaft, aus der Hand des Pharao, des Königs von Ägypten.«

1293 *Mich nicht entbrechen:* mich nicht enthalten. Im 17. Jh. ist ›sich entbrechen‹ (sich lösen, befreien, abtun) mit Genitiv, Dativ oder mit Präposition häufig; im 18. Jh. findet sich nurmehr die verneinte Form.

1316 *das Gemeine:* das Übliche, Gewöhnliche.

Siebenter Auftritt

1345 *wenn anders dem so ist:* wenn sich das sonst so verhält. ›Anders‹ hat noch im 18. Jh. in Verbindung mit Fragepronomen und Konjunktionen die Bedeutung ›sonst‹.

1346 *Sparung:* Schonung.

1386 *Kundschaft machen:* Bekanntschaft machen.

Achter Auftritt

1405 *mir will:* von mir will.

1417 *Rückhalt:* Zurückhaltung.

Neunter Auftritt

1432 *Betaur':* bedaure; ältere Schreibung noch im 18. Jh. üblich (mhd. ›tūren, betūren‹).

1437 *Nackter:* wie lat. nudus, auch ›Leichtgekleideter‹.

1466 *bekam der Roche Feld:* erhielt der Turm Raum, Bewegungsfreiheit. ›Roche‹ stammt aus pers. ›rukh‹

(Kamel mit Bogenschützen besetzt) und ist seit dem Mittelalter gebräuchlich.

1489 *Ghebern:* persischer Name für die Anhänger der alten persischen Religion Zoroasters, die das Feuer verehrten. Sie wurden auch Parsi (Perser) genannt. Im Türkischen wird daraus ›Giaur‹, die Bezeichnung für die Ungläubigen, die Nicht-Mohammedaner.

1495 *Plunder:* Zeug, Kram, Trödelkram. Das seit dem 14. Jh. belegte Wort (mhd. ›blunder, plunder‹) bezeichnet urspr. Hausgerät, Kleider, Wäsche, Bettzeug und erfährt mit seiner Ausweitung auf alles mögliche eine pejorative Verwendung.

1498 *Delk:* »welches im Arabischen der Name des Kittels eines Derwisch ist« (vgl. Kap. IV, Lessings Brief an den Bruder Karl vom April 1779).

1506 *Knall und Fall:* unvermittelt, plötzlich, so schnell, wie auf den Knall des Schusses der Fall des Wildes erfolgt; seit dem 30jährigen Krieg belegt.

ihm selbst zu leben: sich selbst zu leben. Der Dativ des Personalpronomens ›er‹ wird seit dem Ahd. als Reflexivpronomen verwendet, da es im Deutschen keinen Dativ des Reflexivums gibt. In nhd. Zeit beginnt der Akkusativ ›sich‹ für den Dativ einzutreten und hat ihn Mitte des 19. Jh.s ausgeschaltet.

1507 *andrer Sklav':* als Sklave andrer Leute.

1513 *bürgt:* ›bürgen‹ ist heute intransitiv: für etwas bürgen, sich verbürgen.

Dritter Aufzug. Erster Auftritt

1534 f. *Die schon ... zu dehnen:* Der Genitiv ›aller Wünsche‹ muß als Teil des präpositionalen Objektes ›ohn' einen herrschenden Wunsch‹ (aller Wünsche) aufgefaßt werden.

1547 *Sperre dich:* sträube dich; sich sperren eigtl. ›die Beine zur Gegenwehr spreizen‹.

1556 ff. *Wem eignet Gott? ...:* Karl Wilhelm Ramler macht im Briefwechsel mit Lessing zu diesen Versen die Bemerkung: »Das Zeitwort ›sich einem eigenen‹ bedeutet: sich einem eigentümlich übergeben, sich einem zu eigen machen; ›einem eigenen‹ würde aber heißen: einem eigentümlich zugehören, eines eigen sein. Sie hätten also dieses Wort ganz recht gebraucht. Da es aber in dem Munde dieser jungen Person ein wenig zu szientifisch klingt, so könnte es ja leicht in ein üblichers übersetzt werden. Z. E. 40. [Zum Exempel Vers 40 des III. Aufzugs] Ein eigner Gott? was ist das für ein Gott? / Der Eines eigen ist, und der für sich / Muß kämpfen lassen?« (P/O, Anm. zu Teil 1–7, S. 78).

1577 *schlägt er mir nicht zu:* bekommt er mir nicht, vertrage ich ihn nicht gut. Die Redewendung wird als umgangssprachlich aufgefaßt.

1591 *Wähnen:* Spekulieren; Betrachtungen anstellen über religiöse Dinge (Meinen, Vermutung, Hoffnung; selten: falsche Annahme).

1595 *Dich einverstanden:* sich einverstehen: einverstanden sein. Die Form ist im 18. Jh. häufiger belegt.

1601 *es:* bezieht sich wohl auf das nicht erwähnte Geräusch der näher kommenden Personen.

Zweiter Auftritt

1613 *ungefähr:* zufällig; seit dem 19. Jh. unüblich und durch ›von ungefähr‹ ersetzt.

1621 *zugelernte:* abgerichtete. ›Zugelernt‹ (angelehrt) ist mittel- und norddeutsch.

1625 *übel:* heftig, zornig, ungebärdig, grausam.
anließ: anfuhr. ›Anlassen‹ heißt eigtl.: etwas an etwas lassen, wie im Ahd. ›analâzen‹ mit doppeltem Akkusativ. Bis ins 18. Jh. hinein ist die Wendung gebräuchlich: einen mit Worten übel, hart, zornig, aber auch höflich anlassen.

1640 *verstellt:* verändert, entstellt. ›Verstellen‹, das in dieser Bedeutung noch häufiger im 18. Jh. gebraucht wird, trägt nicht unbedingt einen pejorativen Sinn.

1682 *meiner warten:* ›Warten‹ mit Genitiv tritt seit dem 17. Jh. hinter ›auf einen warten‹ zurück. Adelung weist es der ›edlern und höheren Schreibart‹ zu. Vgl. vor V. 2111.

1683 *red'ten ... ab:* verabredeten, vereinbarten.

Dritter Auftritt

1694 *Was kömmt ihm an?:* Heute würde gefragt: Was ist mit ihm los? Der urspr. richtige Akkusativ hinter ›ankommen‹ (überkommen, geschehen) wurde später mit dem Dativ der Person vertauscht (Grimm).

Vierter Auftritt

1736 *stünde ... vor:* stände, stünde bevor. Das im frühen Nhd. häufige ›vorstehen‹ wurde im 18. bis 19. Jh. von der heutigen Form verdrängt.

1738 *mich stellen:* mich verstellen, heucheln, tun, als ob. *besorgen lassen:* fürchten lassen, Furcht erregen; Ableitung von ahd. soraga, ›Sorgfalt, Kummer, Angst, Furcht‹.

1743 *abzubangen:* »Durch Bangemachen einem etwas ablisten, abpressen. Ich weiß keine gedruckte Auktorität; aber ich habe sagen hören: Er hat mir mein Haus mehr abgebangt, als abgekauft« (Lessing: »Anmerkungen zu Adelungs Wörterbuch der Hochdeutschen Mundart«, P/O, Bd. 16, S. 460).

1759 f. *die Netze Vorbei sich windet:* sich an den Netzen vorbeiwindet.

1774 *beschönen:* beschönigen.

1792 *im Gesicht ... bleiben:* unter den Augen bleiben; Sittah will von ihnen nicht gesehen werden.

Fünfter Auftritt

1855 *wägst:* wägen: prüfend betrachten, abschätzen.

Sechster Auftritt

1872 *Brett:* Zahlbrett. Zum Geldzählen dienten früher eingefaßte Bretter. Die Wendung ›auf dem Brett bezahlen‹ (bar bezahlen) basiert auf diesem Sachverhalt.

1874 *in Sack ... in Kopf:* In verbalen Verbindungen wird das Substantiv häufig ohne Artikel verwendet; vgl. V. 2044 *an Tag.*

1877 *fodern:* fordern. Die synkopierte Form tritt seit dem Mittelalter vor allem in der Dichtersprache auf, da sie mehr Reimmöglichkeiten anbietet. Gottsched entscheidet sich für ›fodern‹, das Lessing und Kant benutzen. Adelung zieht ›fordern‹ vor, das sich im 19. Jh. durchsetzt. Vgl. auch V. 10 *födert.*

1885 *Stockjude:* Das intensivierende Bildungsmorphem ›stock‹ bezeichnet in Verbindung mit Völkernamen einen Menschen, der in den Sitten und Anschauungen seines Volkes völlig befangen ist; vgl. auch ›stockblind, stockdumm, stockfinster‹ usw.

Siebenter Auftritt

1892 *zu Rande:* fertig. Die Wendung ›zu Rande sein‹, bei der noch im 17. Jh. die ältere Bedeutung von ›Rand‹ (Ufer) gemeint wurde, wird im 18. Jh. rein formelhaft gebraucht.

1899 *Leib und Leben! Gut und Blut!:* Die alten Doppelformen, die sich durch Alliteration oder Endreim besonders einprägen, sind hier als klischeehafte Wendungen zu deuten; sie charakterisieren die Rolle des Sultans, die Saladin widerwillig spielt.

1911 *in Osten:* im Osten, im Orient. Die artikellose Form war selbst in übertragenem Sinn auch im 18. Jh. altertümlich.

1914 *Farben spielte:* in Farben spielte, schillerte. Der transitive Gebrauch war im 18. Jh. üblich.

1915 f. *vor Gott ... machen:* Vgl. 1. Sam. 2, 26: »Aber der Knabe Samuel nahm immer mehr zu an Alter und Gunst bei dem Herrn und bei den Menschen.« Vgl. Luk. 2, 52.

1926 *in Kraft:* kraft, vermöge, durch.

1944 *Was zu tun?:* elliptischer Satz: Was ist zu tun? Was soll er tun? Vgl. auch V. 1996 *Wie auch wahr!*

1945 *in geheim:* heimlich, insgeheim. Die heute veraltete Wendung wurde noch im 18. Jh. als Bildung zu ›das geheim‹ (Geheimnis) aufgefaßt.

2006 *Bezeihen:* beschuldigen, bezichtigen. Adelung notiert das transitive Verb als sehr veraltet.

2027 *bergen:* verbergen; vgl. Anm. zu V. 1169.
2039 *drücken:* benachteiligen, quälen.
in 2073 *steif:* mit unverwandtem Auge.
2077 *freierdings:* unaufgefordert, aus freien Stücken.
2085 *Post:* ein schuldiger Betrag, eine Summe Geld; Lehnwort aus dem Ital. (posta: eine geringe Summe). Die feminine Form ist älter als die heute übliche maskuline (der Posten). Vgl. V. 971 *die Posten.*
2090 *spartest:* schontest. Vgl. V. 1346 *durch Sparung Eures Lebens.*

Achter Auftritt

2111 *Opfertier:* zur rituellen Schlachtung ausgewähltes Tier. Bitt- und Dankopfer von Tieren kennen die jüdische und die islamische Religion, nicht aber die christliche.
2113 *wittern:* ausdenken, ahnen, riechend aufspüren. Die seit dem Mhd. belegte Ableitung zu ›Wetter‹ (Luftbeschaffenheit) wurde besonders in der weidmännischen Sprache geläufig. Auf ihr fußt der übertragene Gebrauch, der im 18. Jh. etwa in Bürgers »Lenore« (1773) »Ich wittre Morgenluft« anzutreffen ist. Der Tempelherr allerdings, der sich als Opfertier sieht, bleibt in der Metapher.
2117 *auszubeugen:* auszuweichen, auszubiegen.
2120 *lüstern war:* begierig war.
2123 f. *ich litt', Ich litte:* Das ›e‹ in der 1. und 3. Pers. des Sing. Prät. der starken Verben tritt analog zu den schwachen im späten Mittelalter auf; solche Formen werden im Frühnhd. häufig verwendet und halten sich in der Schriftsprache bis ins 18. Jh.
2132 *in dem gelobten Lande:* in Israel. Jehova versprach, verhieß Moses (2. Mose 3, 8 ff.), die Israeliten aus dem Elend Ägyptens zu führen »in ein Land, darin Milch und Honig fließt«. ›Gelobt‹ wird auch als ›gepriesen‹ verstanden.

Neunter Auftritt

2162 *verweilt:* aufgehalten. ›Verweilen‹ in dieser Bedeutung war im 18. Jh. selten.

2162 f. *der Mann Steht seinen Ruhm:* es erweist sich, daß er so gut wie oder besser als sein Ruhm ist. Laut Grimm kommt diese Wendung nur vereinzelt vor.

2181 *bei den ersten Banden der Natur:* bei den ersten natürlichen Bindungen. ›Die Bande‹, f. pl.: die Fesseln, Ketten, Bindungen. Schon im Ahd. bildet ›pant‹ zwei Pluralformen (pant – pentir). Im Nhd. steht ›Bänder‹, wo die Mehrheit einzelner konkreter Bänder, und ›Bande‹, wo die abstrakte Mehrheit von Fesseln gemeint ist.

2186 *Erkenntlichkeit:* Dankbarkeit.

2198 *Neubegier:* Neugier. Lessing hat die veraltende (mhd. begir, begirde, begerde) Form häufiger benutzt; vgl. V. 567 *neubegierig* und V. 2804 *Blutbegier.*

2209 *Bastard ... Bankert:* »Bankkind; [...] Bankart heißt jedes Kind, das außer dem Ehebette, welchem hier die Bank entgegengesetzt wird, erzeugt worden. Bastard aber hat den Nebenbegriff, daß die Mutter von weit geringerm Stande, als der Vater, gewesen sei« (Wörterbuch zu Logau).

2210 *Schlag:* Gattung, Art. Urspr. bezeichnet das Wort das Gepräge bei Münzen; in übertragener Bedeutung meint es ›Gattung, Art‹ und wird im Nhd. bes. von Menschen gebraucht.

2211 *Entlasst:* ›entlassen‹ mit dem Genitiv der Sache: etwas jmdm. erlassen.

Zehnter Auftritt

2233 *wirkt:* formt, verarbeitet. Dieser Gebrauch von ›wirken‹ war bis ins 18. Jh. weit verbreitet.

2253 *Denn versichert:* denn gewiß. Im älteren Nhd. wird laut Grimm ›versichert‹ wie ein Adverb gebraucht und leitet sich her von: es ist versichert wahr.

2256 *frag ich's Euch ... ab:* erfahre ich es von Euch durch Fragen.

2264 *die Freundschaft haben:* die Freundlichkeit haben.

2286 *Vorsicht:* Vorsehung. Die ahd. Lehnübersetzung ›foresiht‹ für ›providentia‹ scheint im Mhd. nicht direkt tradiert worden zu sein. Die Neubildung des 17. Jh.s verdrängt zunächst ›Vorsehung‹, wird jedoch schon gegen Ende des 18. Jh.s von Adelung der Dichtersprache zugewiesen.

2361 *verlenken:* in die falsche Richtung lenken, bringen.
sich selbst gelassen: sich selbst überlassen.

Vierter Aufzug. Erster Auftritt

2394 f. *ich hofft es zu … Gott:* ich hoffte es bei Gott. Diese seltene Wendung, die im allgem. eine anschließende Konstruktion (mit ›daß‹) fordert, wird wohl in Anlehnung an die Luther-Bibel gebraucht; vgl. 2. Makk. 2, 17.

2397 *verbunden war:* verpflichtet war.

2411 *mit Fleisch und Blut:* als Mensch. Diese verbreitete Redewendung wird sonst in ihrer Bildlichkeit verständlicher eingesetzt.

2412 *tragt Euch … an:* sich antragen: sich anbieten.

2427 f. *ihm … beneidet:* Diese der lat. oder frz. Sprache nachgebildete Konstruktion wird erst im 18. Jh. häufiger verwendet.

2451 *Einer Sorge:* Als Laienbruder hat er nur das Gelübde des Gehorsams abgelegt.

Zweiter Auftritt

2469 *Zu Ehr' und Frommen:* Fromme: der Nutzen. Das im Ahd. (fruma, froma) und im Mhd. (vrume, vrome) verbreitete Wort hielt sich in Doppelformeln bis ins 18. Jh.

2487 *des:* dessen, desjenigen; alte Form des Demonstrativpronomens.

2512 f. *sich … dichtet:* sich ausdenkt, erfindet.

2514 f. *Ich glaubte, das Sei eins:* Im »Achten Anti-Goeze« kontert Lessing den Einwand Goezes, die fabelhafte Geschichte vom ›lutherischen Prediger aus der Pfalz‹ (Axiomata) entbehre jeder Beweiskraft: »Folget aus dem bloß möglichen Falle nicht ebendas, was aus dem wirklichen Falle folgen würde?« (P/O, Bd. 23, S. 238).

2520 *Witz:* ahd. witzi, Ableitung von ›wissen‹, bezeichnet

urspr. das Denkvermögen im allgemeinen, gerät im 17. Jh. unter den Einfluß der Bedeutung von frz. esprit, ›Begabung für geistreiche Einfälle‹; hier ›Verstand, Geist‹. Die urspr. Bedeutung des Wortes ›Witz‹ zeigt sich noch in ›Mutterwitz‹ oder ›gewitzt‹.

2522 *auf das Theater:* Dieser anachronistische Bezug auf das Theater ist die auffälligste Anspielung im »Nathan« auf die als ›Fragmenten-Streit‹ bezeichnete theologische Fehde. Als das Herzogliche Konsistorium in Braunschweig Lessing auf Druck seiner Gegner die Zensurfreiheit entzog und der Herzog ihm gar verbot, überhaupt in dieser Sache zu veröffentlichen, schrieb er am 6. September 1778 an Elise Reimarus: »Ich muß versuchen, ob man mich auf meiner alten Kanzel, auf dem Theater wenigstens, noch ungestört will predigen lassen« (s. Kap. IV). – Sein Hauptgegner, der Hamburger Hauptpastor Johann Melchior Goeze, hatte versucht, Lessings Kompetenz im theologischen Disput dadurch zu unterhöhlen, daß er verschiedentlich auf seine Eigenschaft als Theaterschriftsteller verwies: »Ich habe [. . .] mit Betrübnis ersehen, daß der Herr L. sich kein Bedenken macht, den so heiligen und wichtigen Gegenstand, den er vor sich hat, mit der allergrößesten Leichtsinnigkeit zu behandeln, daß er auch hier seinem Witze durchgängig den Zügel schießen lässet, daß er eine große Fertigkeit hat, Antithesen, Equivocen, Bilder und Wortspiele da anzuwenden, wo ihm die Gründe fehlen: – und ist dieses bey einem Manne zu bewundern, der das Theater zu aller Zeit mit so vieler Application studirt, der eine dicke Dramaturgie, der so viel Komödien und Tragödien geschrieben hat?« (Goezes Streitschriften gegen Lessing, S. 52 f.). Lessings Argumentationsweise bezeichnete er verschiedentlich als »Theaterlogik«, z. B.: »Beyläufig eine Probe von der Theaterlogik des Herrn L. [. . .] Ich gestehe es gern, daß dieser Schlus eine große Kraft habe, schwache Seelen zu überraschen. Wenn Herr L. denselben einem Freygeiste auf dem Theater in den Mund legte« (a. a. O., S. 8).

2523 f. *pro Et contra:* lat., für und wider.
2526 *Schnurre:* Posse, scherzhafte, witzige Erzählung. Das alte von mhd. ›snurren‹ (rauschen, sausen) abgeleitete Wort erscheint im Mhd. in ›snürrinc‹ (Possenreißer), findet aber vor dem 18. Jh. keinen Eingang in die Schriftsprache. Erst als Lessing es gern und häufig benutzt, wird es salonfähig.
2528 *Diözes':* Amtsgebiet eines Bischofs. Die Apokope (Wegfall des auslautenden ›e‹) wäre ebenso wie bei *Hypothes'* (V. 2511) metrisch nicht notwendig.
2531 *fördersamst:* schnellstens, unverzüglich. Gewöhnlich wird nur dieser Superlativ des Adverbs gebraucht.
2537 *Apostasie:* Abfall vom christlichen Glauben; theologischer Fachterminus griech.-lat. Ursprungs.
2552 *trotz ihm:* trotz seiner, ihm zum Trotz. Diese Präposition mit dem Dativ, die sich im 16. Jh. aus der Interjektion ›trutz, trotz, tratz‹ entwickelt hat, deutet Gegensätzliches an; erst seit dem 19. Jh. setzt sich der Genitiv durch.
2560 *dieserwegen:* deswegen; Neubildung nach dem Muster von ›derentwegen‹, die erst Mitte des 18. Jh.s aufgekommen zu sein scheint.
2571 *Kapitulation:* Bezeichnung für (völker- und staatsrechtliche) Verträge. Sie leitet sich daher, daß die in Abschnitten gegliederten Hauptpunkte ›Kapitel‹ genannt werden.
2574 f. *allerheiligsten Religion:* Anspielung auf Goezes Schrift »Etwas Vorläufiges gegen des Herrn Hofraths Leßings mittelbare und unmittelbare feindselige Angriffe auf unsre allerheiligste Religion, und auf den einigen Lehrgrund derselben, die heilige Schrift ...«, Hamburg 1778.
2584 *Sermon:* Rede, Predigt, Strafpredigt. Der heutige pejorative Sinn des Wortes ist im 18. Jh. noch nicht allgemein.
2589 *funden:* gefunden. Lessing zieht vielfach die älteren präfixlosen Formen dem modernen Gebrauch vor. Im »Wörterbuch zu Friedrichs von Logau Sinngedichte« urteilt er: »Logau läßt von sehr vielen Wörtern die Anfangssilbe ›ge‹ weg, wodurch sie an ihrem Nach-

drucke nichts verlieren, oft aber an dem Wohlklange gewinnen« (P/O, Bd. 16, S. 240).

2596 *Problema:* lat., eine zum Lösen vorgelegte zweifelhafte Aufgabe, Streitfrage.

2600 *Bonafides:* lat., guter Glaube, sprechender Name.

Dritter Auftritt

2601 f. *Ist Des Dings noch viel zurück?:* Ist davon noch viel übrig, draußen.

2611 *das Armut:* die armen Leute. Das Genus von ›Armut‹ hat seit dem Mhd. bis ins 18. Jh. zwischen weiblich und sächlich geschwankt. Als Kollektivum (die armen Leute) hat sich das Neutrum etwas länger gehalten.

in 2621 *klein Gemälde:* wohl ein Medaillon nach der Mode des 18. Jh.s. Auf das Verbot des Islam, sich ein Bildnis zu machen, spielt Saladin V. 839 *die glatten Steine* an.

in 2648 *auf einen Sofa:* auf ein Sofa. Heute wird das urspr. arab.-türk. Wort als Neutrum verwendet. Lessing übernimmt das frz. Genus.

2648 *sein Ton:* seine Stimme.

Vierter Auftritt

2667 *Höhle:* Anspielung auf die sowohl in christlicher wie in mohammedanischer Tradition bekannte Legende von den Siebenschläfern, d. h. von den sieben jungen Leuten, die den Kaiser nicht als Gott verehren wollten und verfolgt wurden. Ein Schäfer versteckte sie in einer Felsenhöhle, die der rachedurstige Kaiser zumauern ließ. Nach 184 Jahren wachten sie ungealtert wieder auf, wurden jedoch bald entrückt.

2668 *Ginnistan:* »so viel als Feenland« (s. Kap. IV, Lessing an seinen Bruder, April 1779).

2669 *Div:* »so viel als Fee« (s. Kap. IV).

2684 *Um mir:* seltener, doch im 18. Jh. einigemal belegter Dativ.

2685 *Jamerlonk:* »das weite Oberkleid der Araber« (s. Kap. IV).

2686 *Tulban:* Turban, Kopftuch. Diese pers.-türk. Form des

Wortes ist heute durch die rumänische ersetzt. Seit den Kreuzzügen war der Turban für die Christen das Symbol des islamischen Glaubens und seiner Anhänger.

Filz: Filzkappe.

2693 f. *Ein Wort? ... Ein Mann!:* Lessing scheint das im 18. Jh. populäre Sprichwort »Ein Mann ein Wort – ein Wort ein Mann / Ist besser, als ein Schwur getan« für den Vorgang eines ehrenwörtlichen Versprechens benutzt zu haben.

2710 f. *auf meiner Hut Mich mit dir halten:* auf der Hut vor dir sein.

2743 *platterdings:* einfach, ohne weiteres.

2764 *gewöhne:* jmdn. an etwas gewöhnen. Im Frühnhd. wird zwischen ›gewohnen‹ (gewohnt sein) und ›gewöhnen‹ (jmdn. an etwas gewöhnen) unterschieden. Beide Verben sind jedoch durch die Partizipialform mit ›sein, haben oder werden‹ schon im 18. Jh. weitgehend ersetzt. ›Gewöhnen‹ hält sich allerdings noch in ausgesprochen faktitiver Bedeutung, obwohl es auch in diesem Gebrauch bald vom intransitiven Verb verdrängt wird.

2772 *körnt:* anlockt, ködert. ›Körnen‹ meint eigentlich: durch ausgestreute Getreide- oder Futterkörner anlocken.

2776 *verzettelt:* verstreut, zersprengt. ›Verzetteln‹ ist eine Iterativbildung zu mhd. ›verzetten‹ (ausstreuen, fallen lassen), die sich seit dem 16. Jh. zunehmend durchsetzt und es um 1700 ersetzt hat.

2779 *Der tolerante Schwätzer:* Toleranz als Duldung abweichender Glaubensbekenntnisse ist dem Mittelalter und der Reformationszeit fremd und taucht als Forderung erst im 17. Jh. auf. Erst die Aufklärung setzt freie Religionsübung gegen Ende des 18. Jh.s in Deutschland gegen die Staatskirchen durch.

2780 f. *jüd'schen Wolf ... Schafpelz:* Zum allgem. Bild vgl. Matth. 7, 15.

2789 f. *sich ... genommen hätte:* sich benommen hätte. ›Sich nehmen‹ veraltet erst im 19. Jh.

2799 *Schwärmern deines Pöbels:* den Fanatikern unter dem

rohen Christenvolk. ›Schwärmer‹ bedeutet hier nicht wie an anderen Stellen (vgl. V. 137 und 3402) im Sinne des 18. Jh.s ›jemand, der zu viel Phantasie hat und sich zu sehr begeistern läßt‹, sondern dem urspr. Gebrauch entsprechend ›Heretiker‹, religiöser Fanatiker‹. – Mhd. povel hat zunächst wie im Lat. populus die Bedeutung ›Volk, Volksmenge, Einwohnerschaft‹, erfährt aber eine immer negativere Verwendung.

2820 *ohne Schweinefleisch:* Die jüdische und die islamische Religion verbieten den Genuß von Schweinefleisch.

Sechster Auftritt

vor 2858 *die offne Flur:* der offene Vorplatz, Hauseingang. Mhd. ›vluor‹, m. und f., ist zwar in dieser Bedeutung schon zuweilen maskulin, doch setzt sich die Trennung in einen mask. und fem. Wortinhalt erst im Nhd. durch.

2881 *Nicht rühr an!:* Formelhafter Ausruf (vgl. noli tangere, n'y touche pas), der die Verschmähung einer dargebotenen Gabe ausdrückt (auch als Verbot).

2894 f. *Feuerkohlen ... auf Euer Haupt Gesammelt:* Bibl. Anspielung auf Spr. 25, 21 f. und Röm. 12, 20: »Wenn deinen Feind hungert, so speise ihn; dürstet ihn, so tränke ihn. Wenn du das tust, so wirst du feurige Kohlen auf sein Haupt sammeln.« Dajas Verwendung des bibl. Spruches, der für Beschämung durch Großmut steht, ist nicht gerade orthodox.

2897 *hält:* den Ton hält.

Siebenter Auftritt

2919 *annoch:* noch. Es wird ›ánnoch‹ und ›annóch‹ betont.

2920 *nu:* nun. Das ahd. und mhd. Adverb ›nū, nu‹ wird im Nhd. differenziert verwendet: das daraus entstandene ›nun‹ wird als Zeitadverb bevorzugt, während ›nu‹ sich als beschwichtigende, mahnende Partikel hält.

2935 *Eremit:* griech.-lat., Einsiedler, Klausner.

2936 *Quarantana:* hoher Berg zwischen Jericho und Jerusalem, der »jetzo eigentlich Quarantania heisset von den

40 Tagen der Versuchung Christi, weil nehmlich der Heyland auf diesem Berge die Versuchung ausgestanden haben soll, Matth. IV. Etliche melden, daß oben annoch ein verfallener Ort gezeigt würde, wo Christus gebetet und gefastet hätte« (Zedlers Universal-Lexicon).

2942 *Allwo:* alte und metrisch günstige Verstärkung von ›wo‹.

2947 *Tabor:* Berg in Galiläa, auf dem Christus verklärt worden sein und sich den 500 Jüngern gezeigt haben soll (Matth. 17, 1 f., Mark. 9, 2 f.).

2950 f. *verlange ... auf Tabor:* Die ungewöhnliche Konstruktion ist nur durch eine Auslassung oder Verkürzung zu erklären; wahrscheinlich ist der Infinitiv (zu sein) fortgelassen.

2959 *stracks:* geradeaus, heute gebräuchlich nur noch als ›schnurstracks‹, auch ›sofort‹.

2967 f. *mir Fällt bei:* mir fällt ein (18. und frühes 19. Jh.).

2979 *Gazza:* Ghaza; diese alte Stadt wurde 1100 von den Kreuzfahrern erobert, 1170 von Saladin zurückgewonnen.

2982 *Darun:* ein fester »Platz an der palästinischen Gränzen auf der Seite von Egypten« (Marin, Bd. II, S. 268).

2986 *blieb:* fiel, starb.

Askalon: Küstenstadt nördl. von Ghaza, die während der Kreuzzüge mehrmals von beiden Seiten erobert wurde. Saladin nahm sie 1187 ein.

2995 f. *hat Es gute Wege:* ist alles in Ordnung.

2998 *zu tun vermeine:* beabsichtigen, vorhaben.

3008 *Das will mir nicht ein:* ... einleuchten, eingehen.

3025 *Fürsprach:* Fürsprecher, Anwalt.

3026 *Gleisnerei:* fromme Heuchelei, christliche Unduldsamkeit; Bildung zu mhd. ›gelīchsenen‹ (sich verstellen), die seit dem 16. Jh. verbreitet ist.

3039 *Gath:* Stadt am Mittelmeer nördl. von Ghaza.

3048 *Beiher:* nebenher, nebenbei.

3059 *Indem:* im selben Augenblick, gleichzeitig; temporales Adverb.

3077 *Vorsicht:* Vorsehung; vgl. Anm. zu V. 2286.

3078 *Nun vollends:* Ergänze: seid Ihr ein Christ, da Ihr Euch dem Willen der Vorsehung fügt.

3087 *Ohm:* Oheim, Onkel.

3088 *Sipp':* Verwandter. Das alte Wort wurde in dieser Form und Bedeutung im 18. Jh. wieder altertümelnd verwendet. Lessing führt es in seinen »Beiträgen zu einem deutschen Glossarium« an.

3093 *dem Geschlechte dessen:* seinem Geschlecht. Diese ahd. und mhd. Konstruktion wurde noch im frühen Nhd. verwendet, ist aber im 18. Jh. veraltet und wird als Patina gebende Figur eingesetzt.

3101 *triegt:* trügt (vgl. Anm. zu V. 1098).

3106 *Brevier:* Gebetbuch, Sammlung ausgewählter Zitate, im 15. Jh. aus lat. breviarium (kurzes Verzeichnis, Auszug) entlehnt, zurückgehend auf lat. brevis (kurz, klein).

3111 *Selbsteigner Hand:* eigenhändig. ›Selbst‹ intensiviert im älteren Nhd. ›eigen‹.

3119 *Eidam:* Schwiegersohn.

Achter Auftritt

3135 *gesteckt:* eine Nachricht zugesteckt, etwas heimlich mitgeteilt.

3140 *vermeinte:* vermeintliche; ein auch im 18. Jh. gut belegtes Partizip, das zum Adjektiv geworden war.

3143 *ist drum:* ist sie los, ist darum gebracht.

3150 *unterwegens:* unterwegs. Im 18. Jh. tritt das adverbiale ›s‹ an ›unter wegen‹; diese Form veraltet schon bald.

Fünfter Aufzug. Erster Auftritt

3158 *Kahira:* Kairo. El-Kahira, die ›Siegreiche‹, war der Name der 968 n. Chr. gegründeten Hauptstadt des Fatimidischen Ägypten.

3163 *Zeitung:* Nachricht.

3166 *Botenbrot:* Botenlohn. Das Wort geht auf den bis ins 16. Jh. lebendigen Brauch zurück, daß dem Boten nach Erledigung seines Auftrags drei Schnitten Brot vorgelegt wurden; im 18. Jh. ist auch das Wort veraltet.

3169 *knickerte:* geizig war, knauserte.

3176 *Abtritt:* Hingang; Tod.
3193 *Lecker:* Schlingel, Schelm, Maulredner, Schmeichler, Schmarotzer. Die urspr. Bedeutung des Wortes (jmd., der leckt oder nascht) ist auf Leute mit kriecherischem Verhalten ausgeweitet worden. Im Frühnhd. ist es ein häufig gebrauchtes mildes Schimpfwort gewesen.
3201 *Dass sie mein Beispiel bilden helfen:* Daß sie mein Beispiel hat bilden helfen.

Zweiter Auftritt

3210 *Abulkassem:* Personenname.
3211 *Thebais:* Bezeichnung für Oberägypten nach der alten Hauptstadt Theben.
3217 *Bedeckung:* Soldaten zur schützenden Begleitung.
3226 *Ihr:* Offensichtlich spricht Saladin einen oder einige Diener an.

Dritter Auftritt

3236 *stimmen:* trans., jmdn. beeinflussen, zu einem erwünschten Entschluß, einer Aussage veranlassen.
3245 *Block:* roher Stein- oder Holzblock, der noch bearbeitet werden muß.
geflößt: Fachterminus für das Transportieren von Holz oder Bausteinen auf Flüssen.
3261 *Aberwitz:* Unverstand, Torheit, Wahnwitz. Das Präfix ›a‹ des ahd. ›âwizzi‹ kennzeichnet den Gegensatz zum Stammwort; ›â‹ entwickelt sich zu mhd. ›abe‹, später zu ›aber‹. Vgl. Abgott, Aberglaube.
Tand: geringe Ware, Wertloses, später bes. auch Kinderspielzeug, eigtl. zurückgehend auf lat. tantum (so viel).
3262 *Buhler:* Buhle, urspr. Lallform für Bruder, Schmeichelwort auch für Verwandte, dann auf den Geliebten beschränkt, zunächst in edler Bedeutung (vgl. Volkslied), später abwertend.
3281 *Querkopf:* jmd., der anderen dauernd in die Quere kommt. Das seit 1755 belegte nddt. Wort, das wohl

analog zu ›Quertreiber‹ (ein Schiffer, der quer zur Fahrtrichtung segelt) gebildet wurde, wird Lessing in Hamburg (1767–70) kennengelernt haben.

Fünfter Auftritt

3337 *fehlgegangen:* nicht getroffen, verfehlt.
3346 *Stöber:* Spion; Übertragung von einem seit Ende des 17. Jh.s beliebten kleinen Jagdhund.
3348 *Pfiff:* Trick, Kniff, schlauer Plan; Neologismus des 18. Jh.s.
3363 *mit seiner Gunst:* Höflichkeitsfloskel seit dem 16. Jh., um eine unschickliche oder herausfordernde Äußerung abzuschwächen.
3369 *Fehl:* Irrtum, Fehler; schon Ende des 18. Jh.s nurmehr poetisch, in der Prosa durch ›Fehler‹ ersetzt.
3375 *wurmisch:* eigensinnig, unverträglich; Nebenform zu ›würmisch‹ (schlangen-, wurmförmig).
3377 *Gauch:* Narr, Kuckuck. Dies im Mittelalter populäre Wort war im 18. Jh. umgangssprachlich veraltet, wurde jedoch noch zuweilen literarisch verwendet.
3381 *auszubeugen:* auszubiegen, auszuweichen.
3399 *Ist Euch gehässig:* ist Euch feindlich gesinnt, haßt Euch.
3401 *Laffe:* Tölpel, Einfaltspinsel. Das von mhd. ›laffen‹ (lecken, schlürfen) abgeleitete Wort bezieht sich zunächst auf das leckende, naschende Kind und wird auch im übertragenen Sinn im allgem. formelhaft mit ›jung‹ verbunden.
3455 *wer für mehr ihm danken wird!:* Vermeidung, den Namen des Teufels auszusprechen.
3475 *lauter:* rein, gut.
3493 *verhunzen:* verderben, auf den Hund bringen. Zu dem nach Art von ›siezen, duzen‹ gebildeten Verb zu Hund ›hunzen‹ (jmd. einen Hund nennen, wie einen Hund behandeln) tritt im 17. Jh. ›verhunzen‹, das von Lessing und Hamann in die Schriftsprache eingeführt wird.
3501 *Auch eben viel:* gleichviel; verkürzte Wendung.
3506 *Fällt weg:* schwindet (durch Fallen abnehmen).

Sechster Auftritt

3520 *angst:* ängstlich, verängstigt. Diese Adjektivbildung aus dem Substantiv wird im 18. Jh. außer in Redewendungen auch einigemal als richtiges Adjektiv verwendet.

3521 *vertrauter:* vertraulicher, intimer. Im Nhd. wird das Partizip Perfekt als selbständiges Adjektiv gebraucht.

3530 *Hand:* Schrift.

3546 *schlecht und recht:* In der Reimformel bewahrt ›schlecht‹ den guten Sinn des alten Wortes: schlicht, ungekünstelt und aufrichtig.

3582 *missen:* vermissen, entbehren, eines Verlustes innewerden. Zum Wegfall der Vorsilbe vgl. Anm. zu V. 2589.

3583 *geängstet:* geängstigt.

3606 *gehalten fühlen:* gehalten zu fühlen.

3619 *in die Richte gehn:* den kürzesten Weg nehmen, den Weg abschneiden. Die Redewendung erhält diese Bedeutung, da ›Richte‹ (Richtung) den geraden, also den kürzesten Weg bezeichnet.

3627 *der Göttlichen:* Maria, der Mutter Jesu.

Siebenter Auftritt

3640 *von sich:* außer sich.

3645 *Abglanz:* Widerschein, Ebenbild; ein beliebtes Wort der Dichtersprache des späten 18. Jh.s.

3661 *faselnd:* irre, wirr redend, in geistiger Umnachtung redend. Das im Ahd. und Mhd. nicht belegte Verb wird besonders im Zusammenhang mit Sterbenden verwendet.

3671 f. *mir fällt . . . bei:* mir fällt ein. Das Verb ›beifallen‹ ist in dieser Bedeutung im 18. Jh. häufiger belegt.

3674 *umgesehn:* Part. Perf. in imperativischer Funktion.

Letzter Auftritt

3690 f. *Dich . . . Bedeuten:* dir verkünden. Diese Bedeutung des transitiven Verbs ist bes. in der zweiten Hälfte des 18. Jh.s belegt.

Illustration aus dem Erstdruck von 1779

3716 *gach:* hitzig und unbesonnen, vorschnell, übereilt. »Auch dieses den alten schwäbischen Dichtern sehr übliche, und uns nur noch in dem zusammengesetzten ›Jachzorn‹ überbliebene Wort« muß Lessing im »Wörterbuch zu Logau« erklären: es hat »die Nebenbedeutung der Unbedachtsamkeit, als welche mit der Eilfertigkeit und Hitze verbunden ist«.

3770 *Das hieß Gott ihn sprechen!:* umgangssprachl. für ›das ließ Gott ihn sprechen‹, vgl. »Minna von Barnhelm« III, 4: »Das heißt Ihn Gott sprechen.«

3835 *erkennen:* anerkennen.

3836 *meine Neffen:* im Plural von Neffen und Nichten.

II. Varianten, Entwürfe, Materialien

1. Varianten

Der Erstdruck von 1779 (= 1779a), den Lessing zur Subskription (vgl. Kap. IV) ausgeschrieben hatte, weicht in den folgenden Versen vom zugrunde gelegten Druck C ab.

8 Genöthigt worden, gute hundert Meilen;
125 Die seines Auferstandnen Grab umschatten;
528 Euch nicht. – Denn kurz; er kömmt zu keinen Juden.
651 Gemeinen Bothen; er will mich – zum Spion. –
652 Sag' deinem Patriarchen, guter Bruder,
653 So viel du mich ergründen können, wär'
907 Er unterlieget fast den Sorgen . . . Armer Mann!
1013 Mich hängen lassen, wenn auf Überschuß
1178 Gewiß noch öfter; und denn muß er hier
1196 Den guten, trotzgen Blick! den drallen Gang!
1546 Als die ich seh, und greiff', und höre,
1567 So gern zu mischen? – Liebe Daja,
1683 So redten, meyn ich, wir ja ab. Erlaubt!
1714 Sein voller Anblick, sein Gespräch,
2098 Das hätte sicherlich mein Bruder auch gethan,
2959 Er mir nun aufträgt, diesem Juden,
3111 Selbeigner Hand, die Angehörigen
3138 Vom Patriarchen nichts dahinter ist.
3198 Sieh, welch ein edler Kerl auch das!
3377 Ich Gauch! – ich kam, so ganz mit Leib und Seele
3378 Mich in die Armen Euch zu werffen. Wie
3492 Was hattet Ihr für einen Engel da gebildet,
3531 Du sprächst von Büchern. Allerdings!
Vor 3643 zur Erden
3797 Betrieger selbst! Denn alles ist an dir erlogen.
3798 Gesicht und Stimm und Gang! Nichts dein! nichts dein!

2. Entwürfe

Der Entwurf des »Nathan« geht auf einen alten Plan Lessings (vgl. Kap. IV, Brief an den Bruder Karl vom 11. August 1778 und Entwürfe zu einer Vorrede) zurück, die Religionen in einem Drama zu vergleichen. Während seines ersten Aufenthalts in Berlin von 1748 bis 1751 häuften sich die Anregungen, die zur ersten Konzeption führten. Er übersetzte Marignys »Geschichte der Araber« (1753 f.), Voltaires »Geschichte der Kreuzzüge« (vgl. Kap. III, 2) und konzentrierte sich in seiner »Rettung des Hier. Cardanus« (entstanden 1752) auf die anstößige Stelle in »De Subtilitate« (›Über den Scharfsinn‹, Nürnberg 1550), in welcher der Renaissance-Gelehrte die Gründe für die heidnische, die jüdische, die christliche und die mohammedanische Religion gegenüberstellt. Die abgedruckte Prosaskizze ist nicht mit diesem Plan identisch, sie zeigt den Stand der Entwicklung seit Mitte der siebziger Jahre.

Der Nachlaß zum »Nathan« besteht im wesentlichen »aus einem Heft von 38 Seiten Quartformat, die nur zum geringsten Teile ganz beschrieben sind. Seite 1 enthält den Titel und die Daten der Versifikation für die einzelnen Aufzüge; Seite 2 eine Notiz über den Namen *Daja*, die Seiten 3–34 den in Aufzüge und Szenen geteilten Entwurf des ›Nathan‹. Jeder Szene ist eine besondere Quartseite zugeteilt; die Quartblätter sind einmal gebrochen und jede Hälfte der Seite hat eine besondere Bestimmung. Auf der inneren Seitenhälfte notierte Lessing im allgemeinen den Gang der Handlung und das Szenische (in einzelnen Fällen auch Gedanken und Phrasen für den Dialog), auf der äußeren entwarf er den Dialog. Durch Merkzeichen brachte er die parallelen Notizen in die Reihenfolge, die bei unserem Abdruck wiedergegeben ist. Seite 35 des Manuskriptes ist leer; auf den Seiten 36–38 finden sich historische Materialien« (P/O, Anm. zu Teil 1–7, S. 78). Die im folgenden in [ ] gesetzten Partien sind von Lessing im Manuskript gestrichen.

Nathan der Weise;

in 5 Aufzügen.

Zu versifizieren angefangen	den			14ten	Novbr. 78.
	den 2ten	Aufzug	– –	6	Xbr.
	den 3ten	Aufzug	– –	28	–
	– 4ten	–	– –	2	Febr. 79.
	– 5ten	–	– –	7	März. –

Erster Aufzug.

1.

Den 12. November.

Nathan kömmt von der Reise. *Dina* ihm entgegen. *Dina* berichtet ihm, welche Gefahr er indes gelaufen. Es schimmert so etwas durch, wer *Rahel* eigentlich sei.

D i n a. Gottlob, Nathan, daß Ihr endlich wieder da seid.

N a t h a n. Gottlob, Dina. Aber warum endlich? Habe ich denn eher wieder kommen können? wieder kommen wollen? [Bagdad] Babylon ist von Jerusalem – Meilen; und Schulden eintreiben ist kein Geschäft, das sich von der Hand schlagen läßt.

D i n a. Wie unglücklich hättet Ihr indes hier werden können!

N a t h a n. So habe ich schon gehört. Gott gebe nur, daß ich alles gehört habe.

D i n a. Das ganze Haus hätte abbrennen können.

N a t h a n. Dann hätten wir ein neues gebaut, Dinah, u. ein bequemres.

D i n a. Aber Rahel, Rahel wäre bei einem Haare mit verbrannt.

N a t h a n. Rahel? *(Zusammenfahrend.)* Meine Rahel? Das habe ich nicht gehört. – *(kalt.)* So hätte es für mich keines Hauses mehr bedurft. – Rahel, meine Rahel fast verbrannt? Sie *ist* wohl verbrannt! – Sage es nur vollends heraus. – Sage es nur heraus – Töte mich; aber martere mich nicht länger. – Ja, ja: sie ist verbrannt.

D i n a. Wenn sie es wäre, würdet Ihr von *mir* die [Botschaft gewiß nicht] Nachricht bekommen?

N a t h a n. Warum erschreckst du mich denn? – O meine Rahel!

D i n a h. [Eure? Eure] Eure Rahel?

N a t h a n. Wenn ich jemals aufhören müßte, dieses Kind mein Kind zu nennen! –

D i n a h. [Habt] Besitzt Ihr alles, was Ihr [besitzt aus] Euer nennt, mit eben dem Rechte?

N a t h a n. Nichts mit größerm! – Alles, was ich sonst habe, hat mir [Natur] Glück u. Natur gegeben. Diesen Besitz allein danke ich der Tugend.

D i n a. O Nathan, Nathan, wie teuer laßt Ihr mich Eure Wohltaten bezahlen! Mein Gewissen – –

N a t h a n. Ich habe Euch, Dinah, einen schönen neuen Zeug aus [Bassora] Bagdad mitgebracht*

D i n a h. Mein Gewissen, sage ich –

N a t h a n. Und ein –

D i n a h. Mein Gewissen, sage ich –

N a t h a n. Und ein Paar Spangen

D i n a. So seid Ihr nun, Nathan. Wenn Ihr nur schenken könnt, wenn Ihr nur schenken könnt: so** denkt Ihr, müsse man sich alles gefallen lassen.

[D i n a h] N a t h a n. Das heißt meine Geschenke sehr eigennützig machen.

D i n a h. Ihr seid ein ehrlicher Mann, Nathan, ein sehr ehrlicher Mann. Aber – –

N a t h a n. Aber gleichwohl nur ein Jude: wollt Ihr sagen.

D i n a h. Ah! Ihr wißt besser, was ich sagen will. [Aber ich höre, sie kömmt selbst.]

N a t h a n. Aber wo ist sie denn? wo bleibt sie denn? Weiß sie denn, daß ich da bin? – Dajah, wo du mich hintergehst –

D a j a. Sie weiß es, daß Ihr da seid; und weiß es vielleicht auch nicht. Das Schrecken ist ihr noch in den Gliedern. Sie faselt im Schlafe die ganze Nacht u. schläft wachende den ganzen Tag. [Sie lag mit verschlossnen Augen wie tot. Plötzlich fuhr sie auf.]

N a t h a n. Armes empfindliches Kind!

D a j a. Sie hatte schon lange mit verschloßnen Augen gelegen und war wie tot, als sie auf einmal auffuhr und [schrie] rief: horch! da kommen meines Vaters Kamele, horch! das ist meines Vaters Stimme! – Aber sie schloß die Augen wieder u. fiel auf das Kissen zurück. – Ich nach der Türe: und da sehe ich Euch von ferne, ganz von fern. –

* (Daneben:)
D i n a. O Nathan, Nathan.
N a t h a n. Ich muß dir es nur gleich sagen, Daja, ich hab' dir einen recht schönen Zeug aus Babylon mitgebracht.

** (Daneben:)
N a t h a n. Wer schenkt nicht gern!
D i n a h. So denkt Ihr, müsse man sich alles –

Denkt nur! – Aber, [kein] was Wunder? ihre ganze Seele war die Zeit her nur
Ihre ganze Seele ist nur immer bei Euch; oder bei ihm – –

Nathan. Bei ihm? welchem ihm?

Dajah. Bei ihm, der sie aus dem Feuer rettete.

Nathan. Wer war das? – Wo ist er?

Dajah. Ein junger Tempelherr war es, der einige Tage zuvor als Gefangner hier eingebracht worden, und dem [der Su] das Leben zu schenken der Sultan die ungewöhnliche Gnade gehabt hatte.

Nathan. Wo ist er? – Ich muß ihm danken, ehe ich sie sehe. – Wo ist er?

Dajah. Wenn wir das wüßten! – In ihm

O Nathan! [o] Nathan! Gott sei ewig Dank,
Der endlich doch Euch wieder zu uns führet!
  Ja, Dajah, Gott sei Dank! Doch warum *endlich*?
Hab' ich denn eher wiederkommen [können?] wollen?
Und wiederkommen können? Babylon
Ist von Jerusalem, wie ich den Weg zu machen
Genötigt [wurde] worden, gute hundert Meilen;
Und Schulden einkassieren ist gewiß
Auch kein Geschäft, das [eben fördert] merklich fördert, das
So von der Hand sich schlagen läßt.
                              – O Nathan!
Wie elend [hättet ihr – elend] hättet Ihr indes
Hier werden können! Euer Haus – das brannte –
  So hab' ich schon gehört, Gott gebe nur,
[Daß ich schon alles gehört auch haben mag]
Daß ich auch *alles* schon gehört mag haben. –
  Und wäre leicht von Grund aus abgebrannt. –
  Dann Dajah hätten wir ein neues uns
  Gebaut und ein bequemers[Haus]
                              Schon wahr!
Doch Rahel wär' bei einem Haare mit
Verbrannt!
          Verbrannt! Wer? [unsre] meine Recha? sie?
Das hab' ich nicht gehört. – Nun denn! So hätt' es für
Mich keines Hauses mehr bedurft! – Verbrannt! –
Bei einem Haare! – Ha. Sie ist es wohl!

Ist wirklich wohl verbrannt! – Sag' nur heraus!
Heraus! [vollende] nur! – Töte mich; [doch] und martre
mich
Nicht länger. – Ja, sie ist verbrannt.
Wenn sie
Es wäre, würdet Ihr von mir es hören?
Warum erschreckest du mich dann. O Rahel!
O meine Rahel!
Eure? Eure Rahel!
Wenn je ich wieder mich entwöhnen müßte
Dies Kind, mein Kind zu nennen!
Nennt Ihr alles,
Was Ihr besitzt, mit ebenso viel Rechte
Das Eure?
Nichts mit größerm! Alles was
Ich sonst besitze, hat Natur und Glück
Mir zugeteilt – Dies Eigentum allein
Dank' ich der Tugend.*

2.

den 13.

Zu ihnen *Rahel*, die von dem gehabten Schrecken noch oft außer sich kömmt und nur ihren Retter zu sehen verlangt. Nathan verspricht ihr, es soll sein Erstes sein, ihn aufzusuchen. *Dina* führt Rahel ab, um sie zu beruhigen.
Die ersten Tage hatte sich der Tempelherr noch sehen lassen, unter den Palmen, wohin Rahel manche vergebene Botschaft an ihn geschickt. Aber seit einigen Wochen ist er verschwunden.

Rahel. Sage nicht verschwunden. Sage: seit einigen Wochen hat er aufgehört, zu erscheinen. Denn es war ein Engel, wahrlich es war ein Engel.

Rahel. [Seid ihr es doch mein Vater] [in eigner Perso] So seid Ihr es doch ganz u. gar, mein Vater. Ich glaubte, Ihr hättet nur Eure Stimme vorausgeschicket. Wo bleibt Ihr denn, Eure gute Rahel zu umarmen, die indes fast verbrannt ist? – O es ist ein garstiger Tod, verbrennen.

* (Darunter, für eine andere Szene bestimmt:) Saladin. Ob s. Gefühl Aberglauben.

Nathan. Mein Kind, mein liebes Kind! *(sie umarmend.)*

Rahel. Ihr seid über den Euphrat, über den Jordan, was weiß ich, über welche Flüsse alle, gekommen. Wie oft habe ich um Euch gezittert! – Aber wenn man so nahe ist, zu verbrennen, dünkt uns ersaufen errettet werden. – Ihr seid nicht ersoffen: ich bin nicht verbrannt. – Wir wollen uns freuen u. Gott loben. – Gott war es, der Euch auf den Flügeln seiner unsichtbaren Engel über die treulosen Wasser trug. – Gott war es, der einen sichtbaren Engel herabschickte, dessen weißer Fittich die Flamme verwehte, dessen starker Arm mich durch das Feuer tragen mußte.

Dajah. Weißer Fittich – Hört Ihr. Des Tempelherrn weißer Mantel. – *(den Nathan anstoßend.)*

Nathan. Und wenn es auch kein Engel gewesen wäre, der dich rettete: er war für dich einer. –

Rahel. Es war wirklich ein Engel, wirklich ein wirklicher Engel –

Nathan. Diese deine warme Einbildungskraft könnte mir gefallen, wenn sie dich nicht [vielleicht] von deiner Pflicht abführte. Indem du das Werkzeug, durch welches Gott dich rettete, im Himmel suchst, vergißt deine Dankbarkeit, sich auf Erden danach umzusehen – wo es doch auch sein könnte. Komme wieder zu dir! werde ruhig! werde kalt!

(Und durch dergleichen Vorstellungen wird sie es wirklich.)

3.

Nathan und der Schatzmeister des *Saladin.* Dieser will Geld von Nathan borgen. Nathan schlägt es ihm ab, weil er von den Schulden, die er zu Bassora einkassieren wollen, nicht die Hälfte einbekommen und hier eine große Schuld zu bezahlen vorfinde. Der Schatzmeister über die unweise Freigebigkeit des Saladin. Die Maxime, welche die Araber dem Aristoteles beilegen: es sei besser, daß ein Fürst ein Geier sei unter Äsern, als ein Aas unter Geiern.

Müde Kamele seufzen vor dem Tore, ihrer Last entladen zu werden. Vermutlich ist mein Freund wieder nach Hause –

Das ist er. – *(der ihm mit Freundschaft entgegen kömmt.)* Willkommen, edler Zweig eines Stammes, den der Gärtner noch nicht auszurotten beschlossen, solange er [noch] solche Zweige noch treibet! Willkommen!

Du solltest mich so nicht beschämen; denn ich denke, du bist mein Freund.

Kannst du deinen Wert empfinden, ohne den Unwert deines Volkes zu fühlen?

So laß meinen Wert auch mit für den Wert meines Volks gelten –

Der groß gnug ist, daß sich ein Volk darein teilen kann.

Höre auf! ich bitte dich. – Wie steht es hier? Wie lebt ihr?

Deiner Hilfe bedürftiger, als jemals.

War es darum, daß du mir

Bei Gott nicht. Und wenn alle deine Kamele mit nichts als Gold beladen wären: so solltest du dem Schatze des Saladin nichts mehr [schuldig] leihen. Denn er ist ein gar zu großer Verschwender usw.

Ein Heer von hochbeladenen Kamelen
Liegt unterm Tor, aufs müde Knie gelagert. –
Vermutlich ist [mein] Freund Nathan wieder heim –

4.

den 14ten.

Nathan: zu ihm Dinah wiederum, die ihm berichtet, daß sie diesen Augenblick den jungen Tempelritter aus dem Fenster auf dem Platze vor der Kirche der Auferstehung unter den Palmen gehen sehe. Nathan befiehlt ihr, sie soll ihn einladen, zu ihm ins Haus zu kommen.

Dinah *(eilig).* Nathan, Nathan, er läßt sich wieder sehen; er läßt sich wieder sehen.

Nathan. Wer er?

Dinah. Er, er – –

Nathan. Er! – Wann läßt sich *der* nicht sehen!

[Nathan.] Dinah. Er gehet dort unter den Palmen auf u. nieder u. bricht [Datt] von Zeit zu Zeit Datteln.

Nathan. Die er ißt? Nun versteh' ich! [Daß] Es ist euer Er, der Tempelherr: nicht wahr?

Dinah. Rahels Augen entdeckten ihn sogleich. Mit Euch

u. mit ihm ist ihre ganze [ruhige] schöne, ruhige, helle Seele wieder gekommen. Sie läßt Euch bitten, zu ihm zu gehen; ihn herzubringen.

N a t h a n. Ich wäre meine Reisekleider doch erst gerne los. – Geh du, Dajah; bitte ihn, zu mir zu kommen.

D a j a h. Zu Euch zu kommen? Das tut er gewiß nicht.

N a t h a n. Nun so geh, und laß ihn wenigstens so lange nicht aus den Augen, bis ich nachkommen kann. – Und warum sollte er nicht zu mir kommen, wenn ihn der Vater selbst bittet. Daß er in meiner Abwesenheit mein Haus nicht betreten wollen; daß er auf deine Einladung, auf die Einladung meiner Tochter nicht kommen wollen –

5.

Die Szene ändert sich. Unter den Palmen. *Curd von Stauffen* und der *Klosterbruder*, welcher ihm zu verstehen gibt, daß ihn der Patriarch gern sprechen u. in wichtigen geheimen Angelegenheiten brauchen wolle. Er läßt ihn ablaufen. Der Klosterbruder freuet sich, einen so würdigen jungen Mann in ihm gefunden zu haben. Er entschuldiget vor sich selbst seine unwürdigen Anträge mit der Pflicht seines Gehorsams.

Curd geht auf u. nieder. Ein *Klosterbruder* folgt ihm in einiger Entfernung von der Seite; immer als ob er ihn anreden (?) wollte.

C u r d. Mein guter Bruder, – oder guter Vater, wer nur selbst was hätte. (Der gute Mann! Er hofft umsonst, sieht mir umsonst so in die Hand

---

Sc. I.

A. [Geistlicher Herr –] Ehrwürd'ger Vater

B. Bin nur ein Laienbruder, zu christlichem Dienste –

A. Nun denn, frommer Bruder, warum siehst du mir so nach den Händen? – Aber ich habe nichts. Bei Gott, ich habe nichts.

B. Geben wollen ist auch geben! Zudem erwarte ich von dir

nichts. Ich bin dir gar nicht nachgeschickt, um dich um etwas anzuflehen.*
Aber nachgeschickt
A. [Also] bist du mir doch [nachgeschickt]?
B. Aus jenem Kloster. –
A. Wo ich eine Mittagssuppe / ein Mittagessen suchte? – und die Tische schon besetzt fand? – Es tut nichts.** Ich habe noch vorgestern eine gegessen; und die Oliven sind reif. *(Er langt nach einer auf der Erde und ißt sie.)*
B. Sei nur so gut u. komm mit mir wieder zurück.

A. [Darum wardst du mir nachgeschickt?] Nein, guter Bruder. Ich habe ehegestern noch eine gegessen, u. die Datteln sind ja reif.
B. Nimm dich nur in acht, Fremdling! Du mußt diese Frucht nicht zu viel genießen. Sie verstopft Milz und Lunge, macht melancholisches Geblüt.
A. Immerhin. – Aber du wardst mir doch nicht bloß darum nachgeschickt?
B. Nein, nicht bloß darum. [Der Patriarch hat dich erblickt u. will,] ich soll mich erkundigen, wer du bist.
A. Und wendest dich desfalls sofort an mich.
B. Warum nicht?
A. Und wer ist so neugierig, mich zu kennen?
B. Niemand geringerer, als der Patriarch.
A. Der kennt mich schon. Sag' ihm nur das.
B. Das dünkt ihn auch. Aber er kann sich nicht erinnern, wo er dich hin tun soll.
A. Ich lasse mich von Eurem Herrn nicht zum zweiten vergessen.
B. Er [ist so] wird alt; es kam ihm lange so kein Gesicht vor. Er ... das mir. Ohne Galle, lieber Fremdling, dein Name.
A. Curd von Stauffen.
B. Curd von Stauffen? So.

* (Am Rand mit Rotstift:) Die Gabe macht der Wille. Auch ward ich dir nicht nachgeschickt, um etwas mir von dir zu betteln.
** (Mit Rötel:) Wo ich ein kleines Pilgermal suchte. Tisch schon besetzt finde. Es tut nichts –

A. Ja!
B. So wie der [, den Saladin von zwanzig Tempelherrn allein] junge Tempelherr, den Saladin der Mächtige [?] allein begnadigte, der ihn nach der Schlacht*
A. .. Weiß ich dergleichen noch oft und finde ich die Gnade [?]
B. Nun sage! So war das Bild von Palast doch nicht aus der Seele. Ach! .... [?] Eile ihm nach! Ich muß ihn sprechen. –
A. Nun so komm.
B. Nein, erst in dem .... [?]
A. In der Dämmrung? Hat er sich mir, oder habe ich mich ihm ...... [?] ? –
B. Wohl keines von beiden. Aber du .... [?] Saladin läßt auf alles er

6.

Curd von Stauffen und *Dinah*, die er gleichfalls als eine Kupplerin abfertiget. Dinah zweifelt, ob er ein Mann sei. Ein Ordensmann ein halber Mann.

Curd *(der die Daja kommen sieht).* O schön! der Teufel wirft mich aus einer seiner Klauen in die andere.
Daja. Ein Wort, edler Ritter –
Curd. Bist du seine rechte oder seine linke? –
Daja. Kennt Ihr mich nicht?
Curd. Ei wohl! Du bist nur seine linke, aus der ich schon öftrer entwischte.
Daja. Was linke?
Curd. Werde nicht ungehalten. Ich sage es nicht, dich zu verkleinern. Denn wer weiß, ob der Teufel nicht links ist; ob er seine Linke nicht so gut brauchen kann, als seine Rechte! Und sodann hat weder der Mönch die Vettel, noch die Vettel den Mönch zu beneiden. Siehst du? – Aber was gibt's Neues, Mutter? Du wirst mir doch nicht immer die nämliche antragen? –

---

* (Darunter:) B. Der zu Acca (?), da Saladin einen gefangnen Tempelherrn allein begnadigte, nach der Schlacht.

Zweiter Aufzug.

1.

Zimmer im Palast des Sultan. *Saladin* und seine Schwester *Sittah* sitzen u. spielen Schach. Saladin spielt zerstreut, macht Fehler über Fehler und verliert.

S i t t a h. Bruder, Bruder, wie spielst du heut? Wo bist du?

S a l a d i n. Wie das?

S i t t a h. Ich soll heute nur tausend Dinare gewinnen, und nicht einen Asper mehr.

S a l a d i n. Wie so?

S i t t a h. Du willst mit Gewalt verlieren. – Dabei finde ich meine Rechnung nicht. Außer daß ein solches Spiel ekel ist: so gewann ich immer mit dir am meisten, wenn *ich* verlor. Wenn hast du, mich des verlornen Spieles wegen zu trösten, mir nicht den Satz doppelt geschenkt!

S a l a d i n. Ei sieh, so verlorest du wohl mit Fleiß, wenn du verlorest?

S i t t a h. Wenigstens hat deine Freigebigkeit gemacht, daß ich nicht besser spielen lernen.

2.

Zu ihnen der Schatzmeister, den Saladin rufen lassen, um an Sittah die tausend Dinare zu bezahlen, um welche sie gespielt. Der Schatzmeister beklagt, daß der Schatz so völlig erschöpft sei, daß er auch diese Summe nicht auf der Stelle bezahlen könne. Er schickt ihn wieder fort, sogleich Anstalt zu Wiederfüllung des Schatzes zu machen, weil er auch sonst ehstens Geld brauchen werde. Alle Quellen, sagt der Schatzmeister, sind durch deine Freigebigkeit erschöpft; u. borgen – bei wem? auf was? Nathan selbst, bei dem er sonst immer offene Kasse gefunden, wolle nicht mehr borgen. – Wer ist dieser Nathan? – Ein Jude, dem Gott das kleinste u. größte aller menschlichen Güter gegeben,* Reichtum u. Weisheit. – Warum kenne ich ihn nicht? – Er hat dich sagen hören: glücklich, wer uns nicht kennt, glücklich, wen wir nicht kennen. – Geh, bitte ihn in meinem Namen.

---

* Das kleinste u. größte aller menschlichen Güter. Was nennst du das kleinste?
Was sonst als Reichtum.
Und das größte?
Was sonst als [Reichtum] Weisheit?
Ich wußte nicht, daß ich einen so erleuchteten Sophi zu meinem Schatzmeister hätte.

Saladin. Bei wem? Nur nicht bei denen, die ich reich gemacht. Es würde meine Geschenke wieder fodern heißen. – Auf was? Auf mein Bedürfnis. Geh, du wirst mich gegen die Menschen nicht mißtrauisch machen. Ich gebe gern, wenn ich habe: wer hat, wird auch mir gern geben. Und wer am geizigsten ist, gibt mir am ersten, denn noch haben es meine Gläubiger immer gemerkt, [Meine Gläubiger sollen es merken,] daß ihr Geld durch meine Hand gegangen.

3.

Saladin u. *Sittah*. Sittah spottet über seine Freigebigkeit, die ihn in solche Verlegenheit setze; und bietet ihm doch in dem nämlichen Augenblicke alle ihre Barschaft, alles ihr Geschmeide an. – Das würde ich genommen haben, wenn du verspielt hättest. – – Habe ich schon gegen dich verspielt? – Schenktest du mir nicht immer das Doppelte des Satzes, wenn ich verlor? – Aber wer ist dieser Nathan? fragt Saladin; Kennst denn du ihn? – Er soll durch seine Weisheit die Gräber des David u. Salamon gefunden und unsägliche Reichtümer darin entdeckt haben – – [Du i] Das ist gewiß falsch: hat er Reichtum in den Gräbern entdeckt: so waren es gewiß nicht die Gräber Davids u. Salamons. – Aber sie verzweifelt, daß er ihm helfen werde. Denn er sei ein Jude, der nicht alles an einen Nagel hänge. Indes, wenn er nicht in Guten leihen wolle: so müsse man ihn mit List dazu zu zwingen suchen. Ein Jude sei zugleich ein sehr furchtsames Geschöpf – Saladin gesteht ihr seine äußersten Geldbedürfnisse. Der Waffenstillestand mit den Kreuzfahrern sei zu Ende. Die Tempelherren haben die Feindseligkeiten bereits wieder angefangen. Geschichte des jungen Tempelherrens, den er begnadiget. – Sittah sagt, sie wolle auf eine List denken, den Nathan zu vermögen.

Sittah sagt, daß er auf diese Weise seinen Kindern nichts hinterlassen wird. Er antwortet mit der Fabel vom Pfau: wenn es meine Kinder sind, wird es ihnen an Federn nicht fehlen.

4.

Die Szene ändert sich und ist vor dem Hause des Nathan. Unter der Türe des Hauses erscheinen Nathan u. Rahel. Rahel hat den Tempelherren wieder aus ihrem Fenster erblickt u. beschwört ihren Vater, ihm nachzueilen. Sie sehen Curden gegen sich zukommen, u. Rahel geht wieder in das Haus.

5.

Nathan u. *Curd.* Nathan dankt ihm, und bietet ihm seine Dienste an; welches Anerbieten erst sehr frostig angenommen wird, bis Curd sieht, welch ein Mann Nathan ist. Er verspricht, zu ihm zu kommen. Curds Gestalt u. einiges, was er von ihm beiläufig gehört, machen ihn aufmerksam. Curd ab.

Nathan. Verzeih, edler Franke –

Curd. Was, Jude?

Nathan. Daß ich mich unterstehe, dich anzureden. Verzeih, u. eile nicht so stolz u. verächtlich vor einem Manne vorbei, den du dir ewig zu deinem Schuldner gemacht hast.

Curd. Ich wüßte doch nicht.

Nathan. Ich bin Nathan, der Vater des Mädchens –

Curd. Ich wußte nicht, daß es deine Tochter war. Du bist mir keinen Dank schuldig. Es ist eines Tempelherrn Pflicht, den Ersten den Besten beizuspringen, der seine Hilfe bedarf. Mein Leben war mir in dem Augenblicke zur Last. Ich ergriff die Gelegenheit gern, es für ein andres Leben zu wagen – wenn es auch schon nur das Leben einer Jüdin wäre.

Nathan. Groß u. abscheulich! – Doch, ich versteh'. Groß bist du; und abscheulich machst du dich, um nicht von mir bewundert zu werden. Aber wenn du diesen Dank, den Dank der Bewundrung, von mir verschmähest: womit kann ich dir sonst bezeigen – – –

Curd. Mit – nichts.

Nathan sagt, daß er sich also zum ersten Male arm fühle.

Curd. Ich habe einen reichen Juden darum nie für den bessern gehalten.

Nathan. So brauche wenigstens, was das Beßre an ihm ist – seinen Reichtum.

Curd. Nun gut, das will ich nicht ganz verreden. Wenn dieser mein weißer Mantel einmal gar nichts mehr taugt, gar kein Fetzen mehr hält – Vor itzt aber siehst du, ist er noch so ziemlich gut. Bloß der eine Zipfel ist ein wenig versengt – das bekam er, als ich deine Tochter durch das Feuer trug.

Der Jude ergreift diesen versengten Zipfel und läßt seine Tränen darauf fallen.

N. Daß doch in diesem Brandmale dein Herz besser zu erkennen ist als in allen deinen Reden.

T. Jude, was erdreistet dich, so mit mir zu sprechen?

N. Ah, wer einen Menschen aus dem Feuer rettet, bringt keinen ins Feuer.

6.

Dinah u. *Nathan.* Zu ihnen ein Bote des Saladin, der ihn unverzüglich vor ihn fodert.

Nathan. Hast du gesehen, Dinah?

Dinah. Ist der Bär gezähmt? – Wer kann Euch widerstehen! Einem Mann, der wohltun kann u. wohltun will.

Nathan. Er wird zu uns kommen. Sie wird ihn sehen; und gesund werden – Wenn sie nicht kränker wird. – Denn wahrlich, es ist ein herrlicher junger Mann. So hatte ich in meiner Jugend einen Freund unter den Christen. – Um ihn liebe ich die Christen, so bittere Klagen ich auch über sie zu führen hätte.

Dritter Aufzug.

1.

Im Hause des Nathan. *Dinah* und *Rahel*, die Curden erwarten. Nathan ist zu Saladin gegangen

---

R a h e l. Gib acht, Dinah; er kömmt doch nicht.

D i n a h. Wenn ihm Nathan auf dem Wege zum Sultan begegnet ist: so kann es leicht sein, daß er seinen Besuch verschieben zu müssen glaubt.

R a h e l. Wie so? ist er bei uns allein nicht sicher?

D i n a h. Liebe Unschuld! Wo sind Leute sicher, die sich selbst nicht trauen dürfen. Und wer darf sich selbst weniger trauen, als der unnatürliche Gelübde auf sich genommen hat.

R a h e l. Ich verstehe dich nicht.

2.

Curd kömmt und wird von Rahel über alle Maße eingenommen. Er führt sich sein Gelübde zu Gemüte, u. entfernt sich, mit einer Eilfertigkeit, welche die Frauenzimmer betroffen macht.

R e c h a. Nicht wahr, Ihr seid nicht krank gewesen? – Nein, Ihr seid nicht krank gewesen. Ihr seht noch so wohl, so glühend aus, als da Ihr mich aus dem Feuer trugt.

3.

Im Palaste des Saladin. Saladin u. Sittah. Er lobt ihren Einfall von seiten der Verschlagenheit; sagt, daß er bereits nach Nathan geschickt habe; daß es ihm aber Überwindung kosten werde, wenn es ein guter Mann sei, ihm eine so kleine Falle zu stellen. Nathan wird gemeldet, u. Sittah entfernet sich.

4.

Saladin u. *Nathan*. Die Szene aus dem Boccaz – Nathan bietet dem Saladin zweimal so viel an, als er dem Schatzmeister abgeschlagen hatte. Er würde ihm noch mehr geben können, wenn er nicht eine Summe zu Curds Belohnung zurückbehalten müßte. Er erzählt, was Curd getan, u. Saladin freuet sich, einem solchen jungen Mann das Leben geschenkt zu haben. Er schenke ihm hiermit auch seine Freiheit. Nathan will eilen, ihm diese Nachricht zu bringen.

5.

Unter den Palmen. Curd, der sich in den plötzlichen Eindruck nicht finden kann, den Rahel auf ihn gemacht – Ich habe eine solche himmlische Gestalt schon wo gesehen – eine solche Stimme schon wo gehört. – Aber wo? Im Traume? – Bilder des Traumes drücken sich so tief nicht ein.

Noch weiß ich nicht, was in mir vorgeht. – Die Wirkung war so schnell! so allgemein! Sie sehen und sie – was? sie lieben? – Nenn' es, wie du willst – Sie sehn, und der Entschluß, sich nie von ihr wieder trennen zu lassen, war eins!

Noch weiß ich nicht, was in mir vorgegangen! –
Die Wirkung war so schnell, so allgemein!
Nur sehn, u. sie – was? – lieben? – lieben?
[......] nicht?
[Und] Nun nimm es wie du willst; Sie sehn, u. der
Entschluß,
Sie aus den Augen wieder nie zu lassen,
War eins! – Eins durch ein Drittes doch? Was war
Dies Dritte? – Sehn ist leiden; u. – Entschluß
Ist tun; so gut als tun. – Durch was entspringt
Aus leiden tun? Das k

Ich bin umsonst geflohen.

Noch weiß ich nicht, was in mir vorgeht, – mag's
Beinah nicht wissen! – Aber weiß wohl, daß ich nur
Umsonst geflohn – Sie sehen [u. sie nie aus] und der
Entschluß,
Sie aus den Augen wieder nie zu lassen,
War, [ist] eins – bleibt eins. –

Genug: ich bin umsonst entflohen.
Umsonst! – Fliehn war auch alles, was ich konnte.
Sie sehn u. der Entschluß, nie aus den Augen
Sie wieder zu verlieren.

6.

Zu ihm Nathan, der ihm seine Freiheit ankündiget. Curd, ungewiß, ob er sich darüber freuen oder betrüben soll. Ihn bindet, seitdem er Rahel gesehen, an diesen Ort, er weiß nicht was. Er fühlt Abneigung zu seiner vorigen Bestimmung. Doch will er gehen u. sich dem Saladin zu Füßen werfen. Zugleich sagt er, daß er Rahel gesehen; und preiset Nathan glücklich, eine solche Tochter zu haben. – Nathan hilft ihn auf den Gedanken, ob wohl nicht Rahel seiner Mutter gleiche, die er jung verloren. – Bei Gott, das wäre möglich. So ein Lächeln, so einen Blick, habe ich mir wenigstens immer gedacht, wenn ich an meine Mutter dachte. – Wie glücklich der sie einst besitzen wird. – Er wirbt nicht undeutlich um sie; aber Nathan tut, als ob er ihn nicht verstünde, u. geht ab. Curd, allein, macht sich Vorwürfe, in eine jüdische Dirne verliebt zu sein.

7.

Curd sieht Dinah zum Hause heraus und auf sich zukommen.

Curd. Soll ich ihr wohl Rede stehen? –

Dinah. Sollte wohl nun auch die Reihe an ihn sein? Wenn ich täte, als ob ich ihn gar nicht gewahr würde? Laßt doch sehen –

Curd. Aber sie sieht mich nicht. Ich muß sie schon selbst anreden. –

Er entdeckt ihr seine Liebe, wofür er seine Fassung gegen Rahel hält. Dinah, die in dieser Liebe ein Mittel wahrzunehmen glaubt, Rahel wieder zu ihren Religionsverwandten zu bringen, billiget sie, u. verrät ihm, daß sie eine Christin ist, die Nathan nur an Kindesstatt angenommen. Sogleich entschließt er sich, sie aus seinen Händen zu retten; und den Patriarchen aufzufordern, ihm darin behilflich zu sein, noch ehe er dem Saladin gedankt.

Vierter Aufzug.

1.

Im Kloster. Der Laienbruder u. Curd. – Der Patriarch wird gleich da sein; gedulde dich nur einen Augenblick.
Der Laienbruder glaubt, daß sich Curd nun besonnen u. wider sein Gewissen sich zu allen den Dingen will brauchen lassen, die er ihm ehedem vorgeschlagen. Das jammert ihm; er habe *müssen* gehorchen u. es ihm antragen.

Szene. Kreuzgang des Klosters d. h. Auferstehung.
Klosterbruder. Der Patriarch schmält mit mir, daß ich alles, was er mir aufträgt, so links ausrichte, daß ich in nichts glücklich bin; und gleichwohl unterläßt er nicht, mir immer neue Aufträge zu machen. Ja, ich habe zwar das Gelübde des Gehorsams getan, getan

Es [will] hat mir freilich [nichts] noch von alle dem
[gelingen]
[Gelingen] Nicht viel gelingen wollen, was er mir
So aufgetragen! Warum trägt er mir [auch]
Da ich nun von der gleichen (?)
Nur lauter solche Sachen auf? Ich mag
Nicht fein sein, mag nicht überreden, mag
Mein [Händchen] Näschen nicht in alles [haben] stecken,
mag
Mein Händchen nicht in alles haben.
Gehorchen muß ich; aber wem denn nützen sie [?]
[Das] Ich bin ja aus der Welt geschieden nicht,
Um mit der Welt mich erst recht zu verketten.

Er hat schon recht, der Patriarch,
Ja, ja. Es will mir freilich nichts gelingen,
Was er mir aufträgt. Warum trägt er mir
Auch lauter, lauter Sachen auf, zu denen
Man keinen Bruder schickt? [?]
Nun endlich, guter Bruder!
Endlich treff' ich Euch. Ihr werft mir große Augen zu. Kennt Ihr mich nicht mehr?
Doch, doch! Ich kenn' den Herrn recht gut. Gott gebe nur,

daß er derselbe immer bleibt. Aber es ist mir nun ganz bange.

Warum?

Wenn meine Rede nur nicht etwa noch

Gewirkt hätte. Ich habe Euch freilich einen Antrag machen müssen, aber ich habe ihn doch so verführerisch eben auch nicht, den Nutzen, sich ihm zu unterziehen, nicht sehr groß geschildert. Gott, wenn Ihr Euch gleichwohl besonnen hättet, u. Ihr kämet, dem Patriarchen Eure Dienste anzubieten.

Das wolltet Ihr nicht,

Um alle Welt nicht.

2.

Der *Patriarch* u. *Curd*. Der Patriarch will Gefälligkeit um Gefälligkeit erzeigt wissen. Er verspricht ihm das Mädchen, u. verspricht, ihm die Absolution seines Gelübds vom Papste zu verschaffen, wenn er sich ganz dem Dienste der Kreuzfahrer wieder widmen will. Curd sieht, daß das auf völlige Verräterei hinaus läuft, wird unwillig u. beschließt, sich an den Saladin selbst zu wenden.

3.

Im Palast. *Saladin* u. *Sittah*. Saladin hat seine Schwester bezahlen lassen, von dem Gelde, welches Nathan in den Schatz liefern lassen. Er rühmt ihr den Nathan, wie sehr er den Namen des Weisen verdiene. Curd wird gemeldet.

S i t t a h. Nun, lieber Bruder, da du nun auserzählt hast, will ich dir gestehen: ich habe gehorcht. Nur weil ich nicht alles [?] verstanden habe, habe ich es noch einmal von dir hören. Aber einer Sache erwähnst du ja gar nicht; des Tempelherrn, dem unser Bruder, sagst du, so ähnlich gewesen pp.

4.

Curd u. die Vorigen. *Sittah* hat ihren Schleier herabgeschlagen, um so bei dieser Audienz gegenwärtig sein zu können. Curd zu den Füßen des Saladin. Saladin bestätiget ihm das Geschenk der Freiheit, mit der Bedingung, nie wieder gegen

die Muselmänner zu dienen, sondern in sein Vaterland zurückzukehren. Er lobt auch ihm den Nathan. Curd widerspricht zum Teil. Er sei doch ein *Jude* u. für seinen jüdischen Aberglauben allein eingenommen, der nur den Philosophen *spiele*, wie ihm vielleicht nächstens die Klage des Patriarchen überzeugen werde.
Laß den Patriarchen aus dem Spiele, sagt Saladin, u. sage du selbst, was du von ihm weißt. Er sagt, daß Nathan ein aufgelesenes Christenkind als seine Tochter u. folglich, als eine Jüdin erziehe. Saladin will das näher untersuchen lassen u. beurlaubet Curd.

C u r d. Sultan, weder mein Stand noch mein Charakter leiden es, dir sehr zu danken, daß du mir das Leben gelassen. Aber versichern darf ich dich, daß ich es jederzeit wieder für dich aufzuopfern brenne.
Du hast befohlen
Ich k
[Ich komme Sultan nicht]
Ich, dein Gefangner, Sultan . . .
Mein Gefangner?
Wem ich das Leben schenke, werd' ich dem
Nicht auch die Freiheit schenken?
Was dir ziemt
Zu tun, das ziemt mir [von dir zu hören, nicht] nicht
vorauszusetzen,
[Vorauszusetzen] Ziemt mir, erst zu vernehmen.

Act. II

S a l a d i n zu Curd, der ihn um Erlaubnis bittet, sein Gelübde erfüllen zu dürfen. Ein Paar Hände mehr gönne ich meinen Feinden gern. Aber ein Herz mehr wie deines; ein Kopf mehr wie deiner: bei Gott, den gönne ich ihnen nicht.

5.

Sittah u. *Saladin.* Sittah verrät nicht undeutlich, wie sehr ihr Curd gefallen. Sie werden einig, das Mädchen vor allen Dingen kommen zu lassen.

6.

Flur in Nathans Hause, wo ein Teil der Waren aus [?]

In Nathans Hause. Dinah gesteht ihm, daß sie Curden entdeckt habe, daß Rahel eine Christin sei, weil sie dieses für die beste Gelegenheit angesehen, sie wieder aus seinen Händen unter ihre Religionsverwandte zu bringen. Nathan hierüber höchst mißvergnügt. Daja ab.

7.

[.......................................]
[N. Was ist zu Diensten lieber Bruder?]
Nathan u. der Klosterbruder.

8.

Der Tempelherr u. Nathan.
Nathan, wir haben einander verfehlt. Ich komme von Saladin, u. er will, daß wir beide vor ihm erscheinen sollen. Ist es Euch gefällig, mich zu ihm zu begleiten?

7.

Sittah schickt, die Rahel abzuholen. Der Patriarch schickt, Nathan zu beobachten; worunter der Laienbruder sein kann.
Sittah läßt Recha zu sich entbieten, zu sich laden.

8.

Curd kömmt auf dieses Lärmen dazu; u. tröstet den Nathan, etwas spöttisch. Saladin sei sein Freund u. wolle ihn vielleicht nur zwingen, ebensogut zu handeln, als er spreche. Nathan erkundiget sich nebenher u. gewandtsweise nach Curd näher u. wird in seinem Argwohn bestärkt, daß Curd Rahels Bruder sei. Sie wollen beide zum Saladin.

N a t h a n. Ist sie darum weniger Christin, weil sie bis in ihr 17tes Jahr in meinem Hause noch kein Schweinefleisch gegessen?

Fünfter Aufzug.

1.

Im Seraglio der Sittah. *Sittha* u. *Rahel.* Sittah findet an Rahel nichts, als ein unschuldiges Mädchen ohne alle geoffenbarte Religion, wovon sie kaum die Namen kennt, aber voll Gefühl des Guten u. Furcht vor Gott.

2.

Saladin zu ihnen. Er freuet sich, zu finden, daß Nathan keine Jüdin aus einer Christin machen wollen, und ihr nur eine Erziehung gegeben, bei der sie in jeder Religion ein Muster der Vollkommenheit sein könne. Nathan wird gemeldet.

3.

Nathan u. die Vorigen. Saladin unterstützt Curds Gesuch. Nathan weigert sich noch; welches dem Curd fast unbegreiflich wird.

4.

Curd dazu, u. die Entdeckung geschieht. Als Curd herein kömmt, schlug Sittah den Schleier herab. Sie schlägt ihn wieder auf, führet ihrem Bruder die Rahel zu. Ihr Bruder führt ihr Curden zu, den er zum Fürsten von Antiochien macht, von deren Geschlechte er abstammet. Sittah errötet u. läßt den Schleier wieder fallen.

Nathan. Du bist nicht Curd von Stauffen.
Curd. Woher weißt du das?
Nathan. Du bist Heinrich von Filnek.
Curd. Ich erstaune.
Nathan. Du wirst noch mehr erstaunen – Und das ist deine Schwester.

Curd *(der auf Nathan zugeht).* Nathan, Nathan, Ihr seid ein Mann – ein Mann, wie ich ihn nicht verstehe – nie vorgekommen ist – ich bin aber nichts als ein Krieger – ich hab' Euch unrecht getan – Vergebt mir – Ich bitte Euch nicht darum, als ob es Euch Mühe kosten würde – Ich bitte Euch, um Euch gebeten zu haben.

Schluß.

S a l a d i n. Du sollst nicht mehr Nathan der Weise, du sollst nicht mehr Nathan der Kluge – du sollst Nathan der Gute heißen.

(P/O, Bd. 2, S. 292–310)

Zu den weiteren Plänen Lessings mit dem »Nathan« berichtet sein Bruder Karl G. Lessing:

»Lessingen hinderte seine Krankheit, den Nathan mit einer Vorrede in die Welt zu schicken, worin er die gebrauchten arabischen Worte und Nahmen erklären wollte. Der Derwisch, ein Nachspiel zum Nathan, und eine Abhandlung über die dramatische Interpunktion sollten der zweyte Theil dazu werden. Von den letzten beyden Stücken hat sich gar nichts unter seinen Handschriften gefunden, und von seiner Vorrede nur zwey Blätter, die aber sehr unleserlich geschrieben sind.«

(Gotthold Ephraim Lessings Leben, nebst seinem noch übrigen litterarischen Nachlasse, hrsg. von K. G. Lessing. Bd. 1. Berlin 1793. S. 408)

3. Materialien

Die folgenden Notizen Lessings sind in dem oben beschriebenen Heft mit Entwürfen zu finden.

NB. Für *Dinah* lieber *Daja.* Daja heißt, wie ich aus den Excerptis ex Abulfeda, das Leben des Saladin betreffend, beim *Schultens* S. 4 sehe, so viel als Nutrix, und vermutlich, daß das spanische Aya davon herkömmt, welches Covarruvias von dem griechischen αγω, παιδαγωγος herleitet. Aber gewiß kömmt es davon nicht unmittelbar her, sondern vermutlich vermittelst des Arabischen, welches wohl aus dem Griechischen könnte gemacht sein.

§

Die *Mameluken,* oder die Leibwacht des Saladin, trug eine Art von gelber Liberei. Denn dies war die Leibfarbe seines ganzen Hauses; u. alle, die ihm ergeben scheinen wollten, suchten darin einen Vorzug, daß sie diese Farbe annahmen. *Marin*, I. 218.

§

Die Kreuzbrüder, die so unwissend als leichtgläubig waren, streuten oft aus, daß sie Engel in weißen Kleidern, mit blitzenden Schwerden in der Hand, u. insonderheit den heiligen Georg zu Pferde in voller Rüstung hätten vom Himmel herabkommen sehen, welche an der Spitze ihrer Kriegsvölker gestritten hätten. Ebend., I. 352.

Ludwig von Helfenstein u. verschiedne andre deutsche Herrn bezeugten mit einem Eide auf das Evangelium, daß sie [bey] in dem Treffen, welches Kaiser Friedrich I. bei Iconium gewonnen, den h. Victor u. d. h. Georg an der Spitze des christlichen Heeres in voller Rüstung, u. zwar zu Pferde u. in weißen Kleidern, hätten fechten sehen. Ebend. II. 176.

§

Unter den Titeln, deren sich Saladin bediente, war auch »Besserer der Welt u. des Gesetzes«. Marin. II. 120.

§

Daß die gefangnen Tempelherrn für ihre Loskaufung nichts geben durften als cingulum & cultellum, Dolch u. Gürtel. Ebend., I. 249.

§

Islam, ein arabisches Wort, welches die Überlassung seiner in den Willen Gottes bedeut. Ebend., I. 79.

§

Der *grüne Ritter*, den Saladin beschenkte, weil er sich so tapfer gegen ihn erwiesen hatte. Ebend., II. 85. 78.

In dem Historischen, was in dem Stücke zugrunde liegt, habe ich mich über alle Chronologie hinweg gesetzt; ich habe sogar mit [in] den einzeln Namen nach meinem Gefallen geschaltet. Meine Anspielungen auf wirkliche Begebenheiten sollen bloß den Gang meines Stücks motivieren.

So hat der Patriarch Heraklius gewiß nicht in Jerusalem bleiben dürfen, nachdem Saladin es eingenommen. Gleichwohl nahm ich ohne Bedenken ihn daselbst noch an u. bedaure nur, daß er in meinem Stücke noch bei weitem so schlecht nicht erscheint als in der Geschichte.

Saladin hatte nie mehr als ein Kleid, nie mehr als ein Pferd in seinem Stalle. Mitten unter Reichtümern und Überfluß freute er sich einer völligen Armut. H(erbelot), 331. Ein Kleid, ein Pferd, einen Gott!
Nach seinem Tode fand man in des Saladin Schatze mehr nicht als einen Dukaten u. 40 silberne Naserinen. Delitiae orient., p. 180.

(P/O, Bd. 2, S. 310–312)

III. Der Stoff und seine Tradition

Der Stoff des »Nathan« hat vor Lessing keine dramatische Gestaltung gefunden. Lessing entnahm ihn einer Novelle des Boccaccio (I, 3), deren zentrales Motiv, die Parabel von den drei Ringen, allerdings eine längere, Lessing nicht gänzlich verborgene Tradition hat. Die der dramatischen Gestaltung notwendigen motivierenden Szenen, die ihr wesentlichen charakterisierenden Details und die für die ausgeweitete Handlung erforderlichen Nebenfiguren entstammen einer Reihe von historischen und volkskundlichen Quellen, dem Repertoire des europäischen Dramas und Lessings eigener Erfindung. In der gedanklichen Argumentation griff er auf seine eigenen und des ›Ungenannten‹ (Reimarus) theologische Anschauungen zurück.

1. Die Geschichte von den drei Ringen

Das Motiv von den drei Ringen als Allegorie der drei Religionen gehört zum Bestand spätmittelalterlicher Geschichtensammlungen. Die älteste Überlieferung bietet die Märensammlung des Dominikaners Étienne de Bourbon (gest. um 1261), die »Anecdotes Historiques, Légendes et Apologues« (ed. Albert Lecoy de la Marche, Paris 1877, S. 281 f.), in welcher der wundertätige rechte Ring für die christliche Religion steht. Ähnlich erweist der wundertätige Ring die wahre Religion in einer altfranzösischen Verserzählung »Dit dou vrai aniel« (Vom echten Ring), die auf die Zeit von 1270 bis 1294 datiert wird. Eine andere Wendung erfährt das Motiv in einer alten jüdischen Anekdote, die der Rabbi Salomon Ibn Verga in seinem Buche »Schebet Jehuda« (1480?) aufgezeichnet hat. Sie erzählt von einem weisen Juden, der vom König Don Pedro die gleiche Frage wie Nathan der Weise gestellt bekommt. Auch er erzählt eine Geschichte von einem Brüderpaar mit zwei Ringen, deren Wert zu bestimmen er nicht in der Lage war und die er deshalb auf den abwesenden Vater verwies. Dem verständnisvollen König empfiehlt er, einen Boten an den Vater im

Himmel zu senden und ihn das ›bessere Gesetz‹ bestimmen zu lassen.[1] Mit einiger Sicherheit kann angenommen werden, daß Lessing die Version der »Gesta Romanorum« (frühes 14. Jh.), der bedeutendsten Märchen- und Legendensammlung des christlichen Mittelalters, kannte. Die Wolfenbütteler Bibliothek besaß einige lateinische Handschriften, einen Druck des lateinischen Vulgartextes und den Druck einer alten deutschen Bearbeitung (Augsburg 1489), die Lessing meistens benutzte.

»Ain keiser der hete drey sün und do er sterben solt / do gab er dem ersten sun das erb / dem andern sun sein hort / dem dritten sein kostper fingerlin das waz als gůt sam der zwaier besiczunge / und den vorderen zwaien sünen gab er auch yeglichem ein kosper fingerlin unnd doch nit als gůt als das dritt was / und waren alle in einer gestalt / und doch nit in einer guete. Nach des vaters tod sprach der erst sun: ich hab das gůt fingerlin meins vaters. der ander sprach: also hab jchs. der dritte sprache jr habt noch nit das kosper fingerlin / dauon das der erste hat den hort. der ander das erbe. nur jch habe das kosper vingerlin und das best.

Ir lieben merckt cristus der künig der die drei sün hat. dz sind dye juden / sarracenen und die cristen. den juden gabe er das gelobte land. den sarracenen das sind die haiden gab er den hort. Aber den cristenn gab er das kosper vingerlin. das ist über all reichtumb diser welt / das ist cristenlichen geglauben / wann er hat jm die cristenheyt selber gemaehlet. Als er spricht mit dem weissagen. Ich maehel dich mir in dem geglauben / und darüber redt Ysaias vor der cristenheit. als eine praut hat er mich gezieret mit der krone der ewigen glori.«

(Exemplar der Bibliothek Wolfenbüttel: Blat xj)

Leicht erweiterte Versionen dieser Geschichte in den »Gesta Romanorum« enthalten auch die Erprobung der Ringe an Kranken (vgl. G. R., hrsg. von Hermann Oesterley, Berlin 1872, S. 416 f.).

Die unmittelbare literarische Quelle für den »Nathan« ist, wie Lessing verschiedentlich schreibt, die 3. Novelle des er-

1. Die Texte der erwähnten Versionen sind bei Demetz, vgl. Literaturhinweise, S. 200–211 abgedruckt.

sten Tages aus Giovanni Boccaccios (1313–75) »Decamerone« (1349–52). Den Namen ›Nathan‹ fand er ebenfalls im »Decamerone«, X, 3, in der Novelle vom ›freigebigen Nathan‹.

Dritte Geschichte.

Der Jude Melchisedech entgeht durch eine Geschichte von drei Ringen einer großen Gefahr, die Saladin ihm bereitet.

Als Neiphile schwieg und ihre Geschichte von allen gelobt worden war, fing Philomele, nach dem Wunsche der Königin, also zu reden an:
Die Erzählung der Neiphile erinnert mich an die gefährliche Lage, in der sich einst ein Jude befand; und, da von Gott und von der Wahrheit unsers Glaubens bereits in angemessener Weise gesprochen ist, es mithin nicht unziemlich erscheinen kann, wenn wir uns nun zu den Schicksalen und Handlungen der Menschen herablassen, so will ich euch jene Geschichte erzählen, die vielleicht eure Vorsicht vermehren wird, wenn ihr auf vorgelegte Fragen zu antworten habt. Ihr müßt nämlich wissen, liebreiche Freundinnen, daß, wie die Thorheit gar manchen aus seiner glücklichen Lage reißt und ihn in tiefes Elend stürzt, so den Weisen seine Klugheit aus großer Gefahr errettet und ihm vollkommene Ruhe und Sicherheit gewährt. Daß in der That der Unverstand oft vom Glücke zum Elend führt, das zeigen viele Beispiele, die wir gegenwärtig nicht zu erzählen gesonnen sind, weil deren täglich unter unsern Augen sich zutragen. Wie aber die Klugheit helfen kann, will ich versprochenermaßen in folgender kurzen Geschichte euch zeigen.
Saladin, dessen Tapferkeit so groß war, daß sie ihn nicht nur von einem geringen Manne zum Sultan von Babylon erhob, sondern ihm auch vielfache Siege über sarazenische und christliche Fürsten gewährte, hatte in zahlreichen Kriegen und in großartigem Aufwand seinen ganzen Schatz geleert, und wußte nun, wo neue und unerwartete Bedürfnisse wieder eine große Geldsumme erheischten, nicht, wo er sie so schnell, als er ihrer bedurfte, auftreiben sollte. Da erinnerte er sich eines reichen Juden, Namens Melchisedech, der in Alexandrien auf Wucher lieh und nach Saladin's Dafürhal-

ten wol im Stande gewesen wäre, ihm zu dienen, aber so geizig war, daß er von freien Stücken es nie gethan haben würde. Gewalt wollte Saladin nicht brauchen; aber das Bedürfniß war dringend, und es stand bei ihm fest, auf eine oder die andere Art solle der Jude ihm helfen. So sann er denn nur auf einen Vorwand, unter einigem Schein von Recht ihn zwingen zu können.

Endlich ließ er ihn rufen, empfing ihn auf das freundlichste, hieß ihn neben sich sitzen und sprach alsdann: »Mein Freund, ich habe schon von vielen gehört, du seiest weise und habest besonders in göttlichen Dingen tiefe Einsicht; nun erführe ich gern von dir, welches unter den drei Gesetzen du für das wahre hältst, das jüdische, das sarazenische oder das christliche.« Der Jude war in der That ein weiser Mann und erkannte wohl, daß Saladin ihm solcherlei Fragen nur vorlegte, um ihn in seinen Worten zu fangen; auch sah er, daß, *welches* von diesen Gesetzen er vor den andern loben möchte, Saladin immer seinen Zweck erreichte. So bot er denn schnell seinen ganzen Scharfsinn auf, um eine unverfängliche Antwort, wie sie ihm noth that, zu finden, und sagte dann, als ihm plötzlich eingefallen war, wie er sprechen sollte:

»Mein Gebieter, die Frage, die Ihr mir vorlegt, ist schön und tiefsinnig; soll ich aber meine Meinung darauf sagen, so muß ich Euch eine kleine Geschichte erzählen, die Ihr sogleich vernehmen sollt. Ich erinnere mich, oftmals gehört zu haben, daß vor Zeiten ein reicher und vornehmer Mann lebte, der vor allen andern auserlesenen Juwelen, die er in seinem Schatze verwahrte, einen wunderschönen und kostbaren Ring werth hielt. Um diesen seinem Werthe und seiner Schönheit nach zu ehren und ihn auf immer in dem Besitze seiner Nachkommen zu erhalten, ordnete er an, daß derjenige unter seinen Söhnen, der den Ring, als vom Vater ihm übergeben, würde vorzeigen können, für seinen Erben gelten und von allen den andern als der vornehmste geehrt werden solle. Der erste Empfänger des Ringes traf unter seinen Kindern ähnliche Verfügung und verfuhr dabei wie sein Vorfahre. Kurz der Ring ging von Hand zu Hand auf viele Nachkommen über. Endlich aber kam er in den Besitz eines Mannes, der drei Söhne hatte, die sämmtlich schön, tugendhaft und ihrem Vater unbedingt gehorsam, daher auch gleich zärtlich von ihm geliebt waren. Die Jünglinge kannten das Herkommen in Betreff des Ringes, und da ein jeder der Geehrteste unter den Seinigen zu werden wünschte, baten alle drei einzeln den Vater, der schon alt war, auf das inständigste um das Geschenk des Ringes. Der gute Mann liebte sie alle gleichmäßig und wußte selber keine Wahl unter ihnen zu treffen; so versprach er denn den Ring einem jeden und dachte auf ein Mittel, alle zu befriedigen. Zu dem Ende ließ er heimlich von einem geschickten Meister zwei andere Ringe verfertigen, die dem ersten so ähnlich waren, daß er selbst, der doch den Auftrag gegeben, den rechten kaum zu erkennen wußte. Als er auf dem Todbette lag, gab er heimlich jedem der Söhne einen von den Ringen. Nach des Vaters Tode nahm ein jeder Erbschaft und Vorrang für sich in Anspruch, und da einer dem andern das Recht dazu bestritt, zeigte der eine wie die andern, um die Forderung zu begründen, den Ring, den er erhalten hatte, vor. Da sich nun ergab, daß die Ringe einander so ähnlich waren, daß niemand, welcher der echte sei, erkennen konnte, blieb die Frage, welcher von ihnen des Vaters wahrer Erbe sei, unentschieden, und bleibt es noch heute.

So sage ich Euch denn, mein Gebieter, auch von den drei Gesetzen, die Gott der Vater den drei Völkern gegeben, und über die Ihr mich befraget. Jedes der Völker glaubt seine Erbschaft, sein wahres Gesetz und seine Gebote zu haben, damit es sie befolge. Wer es aber wirklich hat, darüber ist, wie über die Ringe, die Frage noch unentschieden.«

Als Saladin erkannte, wie geschickt der Jude den Schlingen entgangen sei, die er ihm in den Weg gelegt hatte, entschloß er sich, ihm geradezu sein Bedürfniß zu gestehen. Dabei verschwieg er ihm nicht, was er zu thun gedacht habe, wenn jener ihm nicht mit so viel Geistesgegenwart geantwortet hätte. Der Jude diente Saladin mit allem, was dieser von ihm verlangte, und Saladin erstattete jenem nicht nur das Darlehn vollkommen, sondern überhäufte ihn noch mit Geschenken, gab ihm Ehre und Ansehen unter denen, die ihm am nächsten standen, und behandelte ihn immerdar als seinen Freund.

(Boccaccio: Das Dekameron. Übers. von Karl Witte. Bd. 1. Leipzig ³1859. S. 49–53)

2. Historische Quellen

Seit Ende des 17. Jahrhunderts wird das geistige Europa östlichen Kulturen gegenüber aufgeschlossener. Die Kritik und Entmythologisierung des christlichen Glaubens führt die aufklärenden Philosophen zu einer unpolemischen, zum Teil enthusiastischen Aufnahme orientalischer Kultur. Symptomatisch für diese Haltung ist Voltaires (1694–1778) Essay »Geschichte der Kreuzzüge«, den Lessing 1751 zusammen mit anderen ins Deutsche übersetzte. Zu Saladin schreibt Voltaire:

»Nach diesen unglücklichen Feldzügen [des 2. Kreuzzuges 1147–49] waren die Christen in Asien weit mehr unter einander uneins, als jemals. Eben diese Wuth herrschte unter den Muselmännern. Der Vorwand der Religion hatte weiter keinen Antheil an den politischen Angelegenheiten. [...] Mitten unter diesen Unruhen kam der große Saladin, ein Neffe des Noradins, Sultans von Aleppo, zum Vorschein; er eroberte Syrien, Arabien, Persien und Mesopotamien. Ein Tempelherr, Namens Melieu, verließ seinen Orden und seine Religion, um unter diesem Bezwinger zu dienen, und trug viel bey, ihm Armenien zu unterwerfen. Saladin, Herr so vieler Länder, wollte mitten unter seinen Staaten das Königreich Jerusalem nicht lassen. Heftig gegen einander erbitterte Parteyen zerfleischten diesen kleinen Staat, und beförderten seinen Untergang. Gvido von Lusignan, gekrönter König, dem man aber die Krone streitig machte, versammlete in Galiläa alle die getrennten Christen, die die Gefahr vereinigte, und marschirte gegen den Saladin. Der Bischof von Ptolemais, der seine Kappe über dem Küraß trug, und zwischen seinen Händen ein Kreuz hielt, munterte die Truppen auf, auf demjenigen Gebiethe, wo ihr Gott so viele Wunder gethan hätte, tapfer zu fechten; nichts desto weniger wurden alle Christen entweder getödtet oder gefangen. [...] Da er vor den Thoren Jerusalems, das sich nicht weiter wehren konnte, ankam, stund Saladin der Gemahlinn des Lusignans, wegen Übergabe der Stadt, einen Vergleich zu, dergleichen sie nicht hoffte. Er erlaubte ihr, sich hinzuwenden, wo sie hin wollte. (1187) Er verlangte von den Griechen, die in der

Stadt blieben, keine Ranzion[2], und von den Lateinern nahm er nur eine geringe. Als er seinen Einzug in Jerusalem hielt, warfen sich eine Menge Weibespersonen zu seinen Füßen, deren einige um ihre Männer, andere um ihre Kinder, noch andere um ihre Väter baten, die er gefangen hielt. Er gab sie ihnen insgesammt mit einer Großmuth, die in diesem Theile der Welt noch kein Exempel hatte, wieder. Saladin ließ durch die Hände der Christen selbst die Moschee, die in eine Kirche war verwandelt worden, mit Rosenwasser waschen. Er ließ 1187 einen prächtigen Lehrstuhl darinnen aufrichten, daran sein Oheim Noradin, Sultan von Aleppo, selbst gearbeitet hatte, und über die Thür ließ er diese Worte graben: ›Der König Saladin, der Knecht Gottes, setzte diese Überschrift, als Gott durch seine Hände Jerusalem eingenommen hatte.‹ Aber ungeachtet seines Eifers für seine Religion, gab er doch den morgenländischen Christen die Kirche des heiligen Grabes wieder. Wenn man dieses Bezeigen mit der Christen ihrem, als sie Jerusalem einnahmen, in Vergleichung zieht, sieht man leider! wer die Barbaren seyn. Man muß noch hinzu fügen, daß Saladin, nach Verlauf eines Jahres, dem Gvido von Lusignan die Freyheit wieder gab, nachdem er einen Eid von ihm genommen hatte, daß er niemals die Waffen wider seinen Befreyer tragen wollte. Lusignan hielt sein Wort nicht. [...]

Indessen hatten die Christen in Asien nichts mehr, als Antiochia, Tripoli, Joppe und die Stadt Tyr, die ehemalige Beherrscherinn der Meere, damals aber schlechte Zuflucht der Überwundenen. Saladin besaß alles das übrige, theils für sich, theils durch seinen Eidam den Sultan zu Ikonium oder Cogni, der das Land, das wir heut zu Tage Karamanien nennen, beherrschete.

Durch das Gerüchte von den Siegen des Saladins, wurde ganz Europa beunruhigt. Der Pabst Clemens der dritte erregte Frankreich, England und Deutschland. [...]

Kleinasien war ein Abgrund, worein sich Europa gestürzet hatte. Nicht allein diese unbeschreibliche Armee des Kaisers Friedrichs war verloren, sondern die englischen, französischen, italiänischen und deutschen Flotten, die noch vor der

2. Lösegeld.

Ankunft Philipp Augusts und Richards, genannt Löwenherz, anlangten, hatten neue Kreuzfahrer und neue Schlachtopfer herbeygebracht. Endlich kamen die Könige von Frankreich und England in Syrien vor Ptolemais, das man Akre nennt, an. Fast alle Christen im Oriente hatten sich versammlet, diese Stadt, die man als den Schlüssel des Landes ansahe, zu belagern. Saladin war in der Gegend des Euphrats in einen innerlichen Krieg verwickelt. Nachdem die beyden Könige ihre Macht mit der orientalischen Christen ihrer vereiniget hatten, zählte man über dreymal hundert tausend Soldaten.

Ptolemais wurde zwar wirklich erobert (1190), allein die Uneinigkeit, die nothwendig zween Prinzen, wie Philippus und Richard, die nach gleichen Ehren und Vortheilen mit gleichem Eifer trachteten, trennen mußte, richtete größern Schaden an, als diese dreymal hundert tausend Mann glückliche Thaten verrichteten. Philippus, dieser Trennungen müde, noch mehr aber über die Überlegenheit und über das zu sehr überhand nehmende Ansehen, welches Richard sein Lehnsmann, in allem hatte, verdrüßlich, kehrte in sein Vaterland zurück, welches er vielleicht gar nicht hätte verlassen, itzt aber wenigstens mit mehrerm Ruhm hätte wiedersehen sollen.

Richard, der nun Herr von dem Felde der Ehren, nicht aber von dieser Menge der Kreuzfahrer war, die unter einander noch weniger, als die beyden Könige, eins waren, ließ vergebens die heldenmäßigste Tapferkeit sehen. Saladin, der siegreich aus Mesopotamien zurück kam, lieferte den Kreuzfahrern eine Schlacht bey Cäsarea. Man sahe diesen Bezwinger an der Spitze seiner Mahometaner und den Richard an der Christen ihrer, einer gegen den andern, als zween Ritter auf dem Turnierplatze, fechten. Richard hatte die Ehre, den Saladin aus dem Sattel zu heben; und das war fast alles, was er in dieser merkwürdigen Schlacht gewann. Die Strapatzen, die Krankheiten, die kleinen Schlachten, die beständigen Zänkereyen rieben diese große Armee auf, und Richard kehrte zwar mit mehrerem Ruhm, als Philipp August, aber auch auf eine weit unbehutsamere Art zurück. [. . .]

Dieser berühmte Muselmann [Saladin], der mit dem Richard einen Tractat gemacht hatte, vermöge dessen er den Christen die Seeküste von Tyr bis nach Joppe überließ, und das übrige alles für sich behielt, hielt sein Wort, davon er ein Sklave war, redlich. Er starb (1195) funfzehn Jahre darnach zu Damasco, von den Christen selbst bewundert. Er hatte in seiner letzten Krankheit, statt der Fahne, die man vor seine Thüre zu pflanzen pflegte, das Tuch, darinnen man ihn begraben sollte, bringen lassen. Der, welcher die Todesfahne hielt, rufte mit lauter Stimme aus: ›das ist alles, was Saladin, der Bezwinger des Orients, von seinen Siegen davon trägt.‹

Man sagt, er habe in seinem Testamente verordnet, gleichgroße Summen unter die armen Mahometaner, Juden und Christen, als Allmosen, auszutheilen, durch welche Verordnungen er habe zu verstehen geben wollen, daß alle Menschen Brüder wären, und man, um ihnen beyzustehen, sich nicht darnach, was sie glaubten, sondern, was sie auszustehen hätten, erkundigen müßte. Er hatte auch niemals um der Religion willen jemand verfolget; er war zugleich ein Bezwinger, ein Mensch, und ein Philosoph.«

(Lessings Übersetzungen aus dem Französischen, S. 192–198)

Lessings Hauptquelle ist François Louis Claude Marins (1721–1809) »Geschichte Saladins Sulthans von Egypten und Syrien« (übersetzt von E. G. Küster) Celle 1761. Seine Charakterisierung Saladins setzt sich in einigen Punkten deutlich gegenüber derjenigen von Voltaire ab:

»Endlich, am zwölften Tage seiner Krankheit, am Mittwochen den sieben und zwanzigsten Sefer, des zweyten Monats des arabischen Jahrs, im fünfhundert neun und achtzigsten Jahre der Hejira, im Monat Februar eilfhundert drey und neunzig nach Christi Geburt, beschloß Saladin den Lauf seines Lebens, in einem Alter von sieben und funfzig Mondenjahren. Er hatte zwey und zwanzig Jahre in Egypten nach dem Tode des Khalifs, und neunzehn Jahre in Syrien nach Noureddins Tode regieret. Sein ganzer Name war, *Sulthan, Malek al Nasser, Salah-eddin, Emir el Moumenin, Aboul-Modhaffer, Youssouff ben Ayoub, ben Schadi,* das ist, Sulthan oder Kaiser, beschützender König, Salah-eddin (Heil der Welt und der Religion), Befehlshaber der Gläubigen, siegerischer Vater, Joseph, ein Sohn Hiobs, des Sohns Schadi. [...]

Wenn dieser Sulthan die Hochachtung und die Thränen aller Völker mit in seine Gruft nahm, so haben in der That wenige Prinzen diese Gesinnungen durch so viele Tugenden verdienet, als wir in diesem Muselmanne bewundern müssen. Die Christen selbst haben sich nicht enthalten können, ihm Gerechtigkeit widerfahren zu lassen: sie haben mir selbst einen Theil der Züge an die Hand gegeben, die in dieser Geschichte zerstreuet sind: ja ich bin verbunden gewesen, verschiedene derselben, welche meinen Lesern als gar zu große Neuigkeiten vorkommen möchten, auszulassen.

Saladin beobachtete die Vorschriften des Korans mit so vieler Gewissenhaftigkeit, daß die Muselmänner ihn unter die Zahl ihrer Heiligen versetzet haben. Er ließ in allen vornehmsten Städten Moscheen, Schulen, Armen- und Krankenhäuser bauen; er nahm die Greise und die Waisen in seinen Schutz, und ernährete alle, welche in Dürftigkeit lebten. Diejenigen irren sich sehr, welche vorgeben, daß er als ein Philosoph gestorben sey; er lebte und starb als ein frommer und andächtiger Herr.* Es scheinet einigen Schriftstellern in unsern Tagen unmöglich zu seyn, daß es wahrhaftig große Männer ohne jene so genannte Philosophie geben könne, welche darinn bestehet, daß man gar keine Religion hat. Sie wissen inzwischen, daß die Religion noch weit mehr dasjenige Band ist, welches die Fürsten mit den Unterthanen verknüpft, als dasjenige, welches die Unterthanen an die Fürsten bindet; daß dieses Band zu trennen, so viel heiße, als den Menschen alle Freyheit einräumen, alles ungestraft zu unternehmen, und daß, wenn gar keine Religion da wäre, man vielleicht, dem menschlichen Geschlecht zum Besten, ausdrücklich eine Religion machen müsse, um den Leidenschaften der Regenten einen furchtbaren Zaum anzulegen.

Saladin, weit entfernt das Gesetz Muhammeds zu verachten, behielt selbst die abergläubigsten Übungen bey. Dieser Fehler, der bey den meisten Menschen eine Schwäche der Seele ankündiget, war bey ihm mit vielen Muthe verbunden: denn der Begriff von einem unwiederruflichen Schicksale, welches

* Boha-eddin. Abul-Feda. Abul-Pharadge. Historia Patriarcharum. Ben-el-Athir. Herbelot, und andere.

alle Begebenheiten dieser Welt bestimmt und ordnet, begeistert jedweden devoten Muselmann mit Unerschrockenheit, insonderheit in den Kriegen, die für den Ruhm des Islamitischen Glaubens geführet werden. Er setzte sich ohne Furcht allen Gefahren aus. Vor der Schlacht hatte er die Gewohnheit, zwischen den beyden Kriegesheeren hin und her zu reiten, wobey ihm nur ein einziger Waffenträger oder Schildhalter folgte. In dem Treffen war er der erste im Handgemenge. Zuweilen rückte er ganz nahe gegen die Franken an, befahl auf einmal zu halten, und ließ sich einige Hauptstücke aus dem Koran vorlesen, mittlerweile die Christen schon mit Pfeilen und Bolzen auf ihn schossen. Dem Stolze und der Weichlichkeit feind, trug er allezeit ganz schlechte Kleider, lebte von wenigen, bedienete sich nur gemeiner Speisen; sein Zelt war unter allen am mindesten prächtig. Gegen alle Ermüdungen ausgehärtet, stand er vor der Morgenröthe auf, ritt alle Tage zum Verkundschaften aus, arbeitete bey den Belagerungen wie ein gemeiner Soldat, führete alle Angriffe an, ordnete die Richtung der Maschinen, war der erste bey dem Sturme, und gab seinen Kriegesvölkern das Beyspiel der Zucht, der Mäßigkeit, der Standhaftigkeit, und des Muths, welche er ihnen einprägen wollte.

Die Begierde, sich eine neue Art des Ruhms und der Heldenschaft zu erwerben, bewog ihn, sich zum Ritter machen zu lassen, indem er jenen herzhaften Kämpfern nichts nachgeben wollte, die die Welt mit dem Geräusch ihrer Heldenthaten erfülleten, und allein die wahre Tapferkeit zum Erbtheil zu haben glaubten. Ich verlange nicht, für die Richtigkeit der Sache die Gewähr zu leisten. [...]

Seine Gnade, seine Gerechtigkeit, seine Mäßigung, seine Freygebigkeit, die seine Eroberungen weit überstiegen, haben sein Andenken allen Muselmännern, und allen denen, welche Tugend zu schätzen wissen, kostbar gemacht. Wenige Prinzen haben jemals so gern gegeben, als er. Ohngeachtet er Herr von Egypten, von Syrien, von dem glücklichen Arabien, und von Mesopotamien war, welches letztere ihm Tribut bezahlete, so hinterließ er doch in seinen Coffers weiter nichts, als sieben und vierzig Silber-Drachmen und einen einzigen Goldthaler. Man war genöthigt, alles zu leihen, was zu seinem Leichenbegängniß nöthig war. Er hatte weder

Haus noch Garten, weder Stadt noch Land, welches ihm eigen gehörete. Diejenigen von seinen Kindern, welche er wegen ihrer zarten Jugend mit keiner Stadthalterschaft versehen hatte, waren gezwungen, bey ihren Brüdern oder bey ihren Onkels in Dienste zu treten, um ihren Unterhalt zu haben. Saladin legte seinen Völkern keine einzige neue Auflage auf: er verringerte sie alle, und hob verschiedene ganz auf, ohngeachtet er während seiner Regierung so schwere Kriege zu führen hatte. Er gab Städte und ganze Provinzen weg, und behielt sich nur die Oberlehnsherrlichkeit vor. Allein bey der Belagerung von Ptolemais machte er seinen Emirs ein Geschenk von mehr als zwölftausend kostbaren Pferden, ohne die geringern zu rechnen, die er unter die Soldaten vertheilete. Dies ist keine Vergrößerung, sondern eine Sache, die von seinen Stallmeistern selbst bezeuget wird. Seine ausnehmend großen Verschenkungen machten oft, daß es an dem Nothwendigen fehlete. Sein Schatzmeister hatte daher die Gewohnheit, daß er ohne sein Wissen allezeit etwas Geld auf den Nothfall zurück behielt. Allein Saladin machte diese Vorsicht unnöthig, indem er seine Hausgeräthe verkaufen ließ, wenn er nichts mehr zu geben hatte.

Seine Gerechtigkeit glich seiner Pracht. Er hielt alle Montage und Donnerstage seinen Divan selbst, mit Zuziehung seiner Cadhis, er mochte in der Stadt oder bey der Armee seyn. An den übrigen Tagen in der Woche nahm er Bittschriften, Berichte, Klagschriften an, und entschied die Dinge, die keinen Aufschub litten. Alle Personen, ohne Unterschied des Ranges, des Alters, des Landes, der Religion fanden bey ihm einen freyen Zutritt: die Muselmänner, die Christen, die Unterthanen, die Ausländer, die Armen, die Reichen, alle wurden zu seinem Richterstuhle zugelassen, und nach den Gesetzen, oder vielmehr nach der natürlichen Billigkeit gerichtet. [. . .]

Seine Gnade war so groß, daß er niemals ein Vergehen gegen seine Person bestrafte. Diese Tugend schlug oft in eine Schwachheit aus, und schadete der ihm schuldigen Ehrerbietung. Wir haben in dieser Geschichte gesehen, mit wie vieler Willfährigkeit er zu vergeben pflegte. Beleidigungen, schmähsüchtige Reden, zuweilen ein offenbarer Ungehorsam, nichts von diesen allen konnte seine Mäßigung unterbrechen. Seine Seele, die niemals durch eine heftige Leidenschaft in Bewegung gesetzt wurde, kannte weder den Zorn, noch die Rache, welche eine Folge von demselben ist. Die Religion allein und die Unmenschlichkeit der Christen machten ihn zuweilen grausam gegen sie. Seine Bedienten bestohlen ihn; seine Schatzmeister wandten seine Einkünfte zu ihrem eigenen Nutzen an, ohne in eine andere Strafe zu verfallen, als daß sie ihrer Bedienungen entsetzet wurden. Zween Mamelukken zankten sich einmal einige Schritte von ihm; der eine warf nach dem andern mit seinem Pantoffel: dieser wich dem Wurfe aus, und der Pantoffel traf den Sulthan: allein dieser Prinz stellete sich, als wenn er es nicht gemerkt habe, und drehete sich nach der andern Seite, als wenn er mit einem seiner Generals reden wollte, damit er nicht gezwungen seyn möchte, den Urheber dieser That zu bestrafen. Zu der Zeit, als er wegen der unmenschlichen Grausamkeit des Königs Richards am meisten gegen die Franken aufgebracht war, und allen die Köpfe herunter säbeln ließ, welche man in denen Treffen gefangen bekam, schleppte man einen christlichen Officier in sein Zelt, der von tödtlichen Schrecken bedonnert war. Saladin frug ihn, was die Ursach seiner Furcht wäre. *Ich zitterte,* sagte der Officier, *indem ich mich Ihrer Person nahete; allein meine Furcht ist verschwunden, so bald ich Sie sahe: Ein Prinz, dessen bloßer Anblick nichts als Gütigkeit und Gnade verkündiget, kann nicht so grausam seyn, mich zum Tode zu verdammen.* Der Sulthan lächelte, und schenkte ihm das Leben und die Freyheit.

Wir sind gezwungen, viele ähnliche Züge mit Stillschweigen zu übergehen, welche von den Muhammedanischen Schriftstellern mit Sorgfalt aufgezeichnet sind, und die alle dem Herrn Ehre machen, dessen Geschichte wir beschrieben haben. Milde, Wohlthätigkeit, Menschenliebe, Religion, Gerechtigkeit, Freygebigkeit, machten seinen eigenthümlichen Caracter aus. Man berichtet uns, daß seine Gestalt noch mehr Liebe als Ehrfurcht einprägte, daß sein Blick nicht jene Frechheit an sich hatte, die man zuweilen an den Beherrschern der Welt wahrnimmt; daß seine Gespräche einfach, höflich, natürlich, beredt waren, allein daß seine Einbildungskraft sich niemals in der Poesie und selten in jenen kühnen Figuren, in jenen übertriebenen Metaphorn verlor, mit welchen die Morgenländer so befreundet sind. Er liebte eine Art von Studiren, das zwar sehr nichtswürdig, aber bey den frommen Muselmännern sehr hoch geschätzet wird: er suchte nämlich alle muhammedanische Traditionen, die Erklärungen des Korans, den mannigfaltigen Sinn der Ausleger, die verschiedenen Meynungen der Schulen kennen zu lernen, und fand ein Vergnügen daran, über diese Materien mit den Priestern und Cadhis zu disputiren. Er begünstigte die Poeten und die Dialectiker*, die damals in den Morgenländern sehr gewöhnlich waren, nicht gar sehr; überhäufte die Lehrer des Gesetzes mit Wohlthaten, und verfolgte keinen, als die Schriftsteller, welche in ihren Werken gegen die guten Sitten und gegen die Religion keine Ehrerbietung bewiesen. Er hatte keine von jenen großen Leidenschaften, welche die Menschen aus der gemeinen Sphäre heraus reißen, Leidenschaften, die für die Menschlichkeit so traurig sind, wenn sie die Seele der Regenten bestürmen. Größer durch seine stillen und friedlichen Tugenden, als durch seine kriegerischen Thaten, schien er von der Natur mehr zum Privatleben, als zu der Regierung eines großen Staats bestimmt zu seyn. Ihm fehlete diejenige Schärfe, welche Fürsten nothwendig ist, ihre Macht in Respect zu erhalten. Er konnte niemals eine strenge Kriegeszucht unter seinen Truppen einführen, und hielt seine Emirs mehr durch seine Gelindigkeit, durch seine Tugenden und Beschenkungen in Gehorsam, als durch den Zügel seiner Gewalt. Das Glück setzte ihn auf einen Thron, nach welchem er nicht trachtete: die Nothwendigkeit, sich auf demselben zu behaupten, machte ihn gegen seine Wohlthäter undankbar. Mehr die Religion, als die Staatskunst, gab ihm die Waffen in die Hand, und ließ ihn Blut vergießen, welches er zu versprützen schauderte.«

(Marin, Bd. II, S. 320–334)

Lessing benutzte außerdem noch folgende Werke:

Albrecht Schultens (Hrsg.): Vita et res gestae Saladini auctore Bohadino nec non excerpta ex historia Abulfedae,

* Dialectici, die Lehrer der Aristotelischen Dialectik oder Logik, das heißt, Aristotelische Philosophen. Denn die Philosophie des Aristoteles wurde seit dem zehnten Jahrhundert unter den Arabern getrieben.

Leyden 1732. (Schiller hat »Bohadins Denkwürdigkeiten aus dem Leben Saladins« in seinen »Historischen Memoires«, Jena 1790, herausgegeben und hoffte, »dem Publikum durch Mitteilung einer Schrift, welche zu dem verschönerten Bilde des ägyptischen Sultans in Lessings ›Nathan‹ das Urbild liefert, keinen unangenehmen Dienst zu erzeigen«.)

Barthélemy d'Herbelot: Bibliothêque Orientale ou Dictionnaire universel contenant généralement tout ce qui regarde la connaissance des peuples de l'Orient. Paris 1697.

Olfert Dapper: Delitiae Orientales: Das ist die Ergötzlich- und Merkwürdigkeiten des Morgenlandes in zwei Teile abgefasset. Nürnberg 1712.

3. Aus dem ›Fragmenten-Streit‹

Die sogenannten ›Fragmente‹ des Hamburger Orientalisten Hermann Samuel Reimarus (1694–1768) hatte Lessing von dessen Kindern erhalten. Seit 1774 veröffentlichte er in den »Beiträgen aus den Schätzen der Herzoglichen Bibliothek zu Wolfenbüttel« Teile der ihm überlassenen unvollständigen Handschrift unter dem Titel »Fragmente eines Ungenannten«, die er durch »Gegensätze des Herausgebers« ergänzte. Erst die letzten ›Fragmente‹ »Ein Mehreres aus den Papieren des Ungenannten, die Offenbarung betreffend« entfesselten den theologischen Streit, in dem der Hauptpastor J. M. Goeze sich als Lessings härtester Gegner hervortat. Neben den berühmten polemischen Briefen, den ›Anti-Goezen‹, schrieb Lessing eine Reihe anderer Erwiderungen.

Das Manuskript von Reimarus (entst. 1740–50) spiegelt den Angelpunkt der theologischen Kontroverse des 18. Jahrhunderts wider: es ist der Gegensatz von emanzipierter Vernunft und Glauben, der sich am absoluten Wahrheitsanspruch der christlichen Offenbarung materialisiert.

Vermochten die vom Zeitgeist erfaßten protestantischen Theologen – Lessing nennt sie die ›Neologen‹ – Vernunft und Glauben durch die Preisgabe dogmatischer Positionen

zu versöhnen, verteidigte die orthodoxe Theologie das geoffenbarte Wort der Heiligen Schrift kompromißlos gegen die Ergebnisse der zeitgenössischen historisch-kritischen Philologie und die Einwände der rationalistisch-humanistischen Philosophie. Reimarus repräsentiert beide kritische Tendenzen: er führt auf der einen Seite den rationalistischen Beweis über die »Unmöglichkeit einer Offenbarung, die alle Menschen auf eine gegründete Art glauben könnten« (Zweites Fragment), auf der anderen zeigt er Widersprüche der Evangelisten auf, um den Gültigkeitsanspruch der Offenbarung zu widerlegen.
Über das Ausmaß des Streits zwischen den orthodoxen Protestanten und Deisten berichtet Lessing in der Vorrede zu einem Entwurf einer Abhandlung über »Bibliolatrie«[3] aus dem Jahre 1779:

»Der bessere Teil meines Lebens ist – glücklicher- oder unglücklicherweise? – in eine Zeit gefallen, in welcher Schriften für die Wahrheit der christlichen Religion gewissermaßen Modeschriften waren. Nun werden Modeschriften, die meistenteils aus Nachahmung irgendeines vortrefflichen Werks ihrer Art entstehen, das sehr viel Aufsehn macht, seinem Verfasser einen sehr ausgebreiteten Namen erwirbt, ... nun werden Modeschriften, sag' ich, eben weil es Modeschriften sind, sie mögen sein, von welchem Inhalte sie wollen, so fleißig und allgemein gelesen, daß jeder Mensch, der sich nur in etwas mit Lesen abgibt, sich schämen muß, sie nicht auch gelesen zu haben. Was Wunder also, daß meine Lektüre ebenfalls darauf verfiel und ich gar bald nicht eher ruhen konnte, bis ich jedes neue Produkt in diesem Fache habhaft werden und verschlingen konnte. Ob ich daran gut getan, auch wenn es möglich gewesen wäre, daß bei dieser Unersättlichkeit, die nämliche wichtige Sache nur immer von einer Seite plädieren zu hören, die Neugierde nie entstanden wäre, endlich doch auch einmal zu erfahren, was von der andern Seite gesagt werde, will ich hier nicht entscheiden. Genug, was unmöglich ausbleiben konnte, blieb bei mir auch nicht einmal lange aus. Nicht lange, und ich suchte jede neue Schrift *wider* die Religion nun ebenso begierig auf und

3. Bibelverehrung.

schenkte ihr ebendas geduldige unparteiische Gehör, das ich sonst nur den Schriften *für* die Religion schuldig zu sein glaubte. So blieb es auch eine geraume Zeit. Ich ward von einer Seite zur andern gerissen; keine befriedigte mich ganz. Die eine sowohl als die andere ließ mich nur mit dem festen Vorsatze von sich, die Sache nicht eher abzuurteln, quam utrinque plenius fuerit peroratum[4]. Bis hieher, glaub' ich, ist es manchem andern gerade ebenso gegangen. Aber auch in dem, was nun kömmt?

Je zusetzender die Schriftsteller von beiden Teilen wurden – und das wurden sie so ziemlich in der nämlichen Progression; der neueste war immer der entscheidendste, der hohnsprechendste – desto mehr glaubte ich zu empfinden, daß die Wirkung, die ein jeder auf mich machte, diejenige gar nicht sei, die er eigentlich nach seiner Art hätte machen müssen. War mir doch oft, als ob die Herren, wie dort in der Fabel, *Der Tod und Liebe*, ihre Waffen vertauscht hätten! Je bündiger mir der eine das Christentum erweisen wollte, desto zweifelhafter ward ich. Je mutwilliger und triumphierender mir es der andere ganz zu Boden treten wollte, desto geneigter fühlte ich mich, es wenigstens in meinem Herzen aufrechtzuerhalten.

Das konnte von einer bloßen Antiperistasis, von der natürlichen Gegenwirkung unsrer Seele, die mit Gewalt ihre Lage ändern soll, nicht herkommen. Es mußte folglich mit an der Art liegen, mit der jeder seine Sache verteidigte.«

(P/O, Bd. 23, S. 311 f.)

Lessing, »Über den Beweis des Geistes und der Kraft« (1777):

»Ein andres sind erfüllte Weissagungen, die ich selbst erlebe, ein andres erfüllte Weissagungen, von denen ich nur historisch weiß, daß sie andre wollen erlebt haben.

Ein andres sind Wunder, die ich mit meinen Augen sehe und selbst zu prüfen Gelegenheit habe, ein andres sind Wunder, von denen ich nur historisch weiß, daß sie andre wollen gesehn und geprüft haben.

4. als bis sie von beiden Seiten ausführlicher durchgesprochen wäre.

Das ist doch wohl unstreitig? Dagegen ist doch nichts einzuwenden?

Wenn ich zu Christi Zeiten gelebt hätte, so würden mich die in seiner Person erfüllten Weissagungen allerdings auf ihn sehr aufmerksam gemacht haben. Hätte ich nun gar gesehen ihn Wunder tun, hätte ich keine Ursache zu zweifeln gehabt, daß es wahre Wunder gewesen, so würde ich zu einem von so lange her ausgezeichneten, wundertätigen Mann allerdings so viel Vertrauen gewonnen haben, daß ich willig meinen Verstand dem seinigen unterworfen hätte, daß ich ihm in allen Dingen geglaubt hätte, in welchen ebenso ungezweifelte Erfahrungen ihm nicht entgegen gewesen wären.

Oder wenn ich noch itzt erlebte, daß Christum oder die christliche Religion betreffende Weissagungen, von deren Priorität ich längst gewiß gewesen, auf die unstreitigste Art in Erfüllung gingen, wenn noch itzt von gläubigen Christen Wunder getan würden, die ich für echte Wunder erkennen müßte, was könnte mich abhalten, mich diesem *Beweise des Geistes und der Kraft,* wie ihn der Apostel[5] nennet, zu fügen?

In dem letztern Falle war noch Origenes[6], der sehr recht hatte, zu sagen, daß die christliche Religion an diesem Beweise des Geistes und der Kraft einen eigenen göttlichern Beweis habe, als alle griechische Dialektik gewähren könne. Denn noch war zu seiner Zeit ›die Kraft, wunderbare Dinge zu tun, von denen nicht gewichen‹, die nach Christi Vorschrift lebten; und wenn er ungezweifelte Beispiele hiervon hatte, so mußte er notwendig, wenn er nicht seine eigenen Sinne verleugnen wollte, jenen Beweis des Geistes und der Kraft anerkennen.

5. Vgl. 1. Kor. 2, 4.

6. Origines (185–254), griech. Kirchenlehrer: »Ferner ist hier noch zu sagen, daß es für unseren Glauben einen besonderen Beweis gibt, der ihm allein zukommt und viel höher steht als der mit Hilfe der Dialektik geführte griechische. Diesen höheren Beweis nennt der Apostel den Beweis ›des Geistes und der Kraft‹: den Beweis ›des Geistes‹ wegen der Prophezeiungen, die geeignet sind, in dem Leser besonders an Stellen, die von Christus handeln, Glauben zu erwecken; den Beweis ›der Kraft‹ wegen der erstaunlichen Wunder, deren Tatsächlichkeit sich sowohl aus vielen anderen Gründen, als auch besonders dadurch erweisen läßt, daß sich Spuren davon noch bei den nach dem göttlichen Wort Lebenden erhalten haben« (Gegen Celsus, 1,2).

Aber ich, der ich auch nicht einmal mehr in dem Falle des Origenes bin, der ich in dem 18. Jahrhunderte lebe, in welchem es keine Wunder mehr gibt, – wenn ich anstehe, noch itzt auf den Beweis des Geistes und der Kraft etwas zu glauben, was ich auf andre meiner Zeit angemessenere Beweise glauben kann, woran liegt es?

Daran liegt es, daß dieser Beweis des Geistes und der Kraft itzt weder Geist noch Kraft mehr hat, sondern zu menschlichen Zeugnissen von Geist und Kraft herabgesunken ist.

Daran liegt es, daß Nachrichten von erfüllten Weissagungen nicht erfüllte Weissagungen, daß Nachrichten von Wundern nicht Wunder sind. *Diese*, die vor meinen Augen erfüllten Weissagungen, die vor meinen Augen geschehenen Wunder, wirken *unmittelbar. Jene* aber, die Nachrichten von erfüllten Weissagungen und Wundern, sollen durch ein *Medium* wirken, das ihnen alle Kraft benimmt.

Den Origenes anführen und ihn sagen lassen, ›daß der Beweis der Kraft wegen der erstaunlichen Wunder so heiße, die zur Bestätigung der Lehre Christi geschehen‹, ist nicht allzu wohl getan, wenn man das, was unmittelbar bei dem Origenes darauf folgt, seinen Lesern verschweigt. Denn die Leser werden den Origenes auch aufschlagen und mit Befremden finden, daß er die Wahrheit jener bei der Grundlegung des Christentums geschehenen Wunder ἐκ πολλῶν μὲν ἄλλων[7] und also aus der Erzählung der Evangelisten wohl *mit*, aber doch vornehmlich und namentlich aus den Wundern erweiset, die noch damals geschahen.

Wenn nun dieser Beweis des Beweises itzt gänzlich weggefallen, wenn nun alle historische Gewißheit viel zu schwach ist, diesen weggefallenen augenscheinlichen Beweis des Beweises zu ersetzen, wie ist mir denn zuzumuten, daß ich die nämlichen unbegreiflichen Wahrheiten, welche Leute vor 16 bis 1800 Jahren auf die kräftigste Veranlassung glaubten, auf eine unendlich mindere Veranlassung ebenso kräftig glauben soll?

Oder ist ohne Ausnahme, was ich bei glaubwürdigen Geschichtschreibern lese, für mich ebenso gewiß, als was ich selbst erfahre?

7. aus vielen anderen Gründen.

Das wüßte ich nicht, daß es jemals ein Mensch behauptet hätte. Sondern man behauptet nur, daß die Nachrichten, die wir von jenen Weissagungen und Wundern haben, ebenso zuverlässig sind, als nur immer historische Wahrheiten sein können. – Und freilich, fügt man hinzu, könnten historische Wahrheiten nicht demonstrieret werden; aber demohngeachtet müsse man sie ebenso fest glauben als demonstrierte Wahrheiten.

Hierauf nun antworte ich. *Erstlich*, wer leugnet es – ich nicht –, daß die Nachrichten von jenen Wundern und Weissagungen ebenso zuverlässig sind, als nur immer historische Wahrheiten sein können? – Aber nun, wenn sie *nur* ebenso zuverlässig sind, warum macht man sie bei dem Gebrauche auf einmal unendlich zuverlässiger?

Und wodurch? – Dadurch, daß man ganz andere und mehrere Dinge auf sie bauet, als man auf historisch erwiesene Wahrheiten zu bauen befugt ist.

Wenn keine historische Wahrheit demonstrieret werden kann, so kann auch nichts *durch* historische Wahrheiten demonstrieret werden.

Das ist: *Zufällige Geschichtswahrheiten können der Beweis von notwendigen Vernunftswahrheiten nie werden.*

Ich leugne also gar nicht, daß in Christo Weissagungen erfüllet worden, ich leugne gar nicht, daß Christus Wunder getan, sondern ich leugne, daß diese Wunder, seitdem ihre Wahrheit völlig aufgehöret hat, durch noch gegenwärtig gangbare Wunder erwiesen zu werden, seitdem sie nichts als Nachrichten von Wundern sind (mögen doch diese Nachrichten so unwidersprochen, so unwidersprechlich sein, als sie immer wollen), mich zu dem geringsten Glauben an Christi anderweitige Lehren verbinden können und dürfen. Diese anderweitigen Lehren nehme ich aus anderweitigen Gründen an.

Denn *zweitens*, was heißt einen historischen Satz für wahr halten? eine historische Wahrheit glauben? Heißt es im geringsten etwas anders, als diesen Satz, diese Wahrheit gelten lassen? nichts darwider einzuwenden haben? sich gefallen lassen, daß ein andrer einen andern historischen Satz darauf bauet, eine andre historische Wahrheit daraus folgert? sich selbst vorbehalten, andere historische Dinge darnach zu schätzen? Heißt es im geringsten etwas anders, etwas mehr? Man prüfe sich genau!

Wir alle glauben, daß ein Alexander gelebt hat, welcher in kurzer Zeit fast ganz Asien besiegte. Aber wer wollte auf diesen Glauben hin irgend etwas von großem dauerhaften Belange, dessen Verlust nicht zu ersetzen wäre, wagen? Wer wollte diesem Glauben zufolge aller Kenntnis auf ewig abschwören, die mit diesem Glauben stritte? Ich wahrlich nicht. Ich habe itzt gegen den Alexander und seine Siege nichts einzuwenden; aber es wäre doch möglich, daß sie sich ebensowohl auf ein bloßes Gedicht des Choerilus, welcher den Alexander überall begleitete, gründeten, als die zehnjährige Belagerung von Troja sich auf weiter nichts als auf die Gedichte des Homers gründet.

Wenn ich folglich historisch nichts darwider einzuwenden habe, daß Christus einen Toten erweckt, muß ich darum für wahr halten, daß Gott einen Sohn habe, der mit ihm gleiches Wesens sei? In welcher Verbindung steht mein Unvermögen, gegen die Zeugnisse von jenem etwas Erhebliches einzuwenden, mit meiner Verbindlichkeit, etwas zu glauben, wogegen sich meine Vernunft sträubet?

Wenn ich historisch nichts darwider einzuwenden habe, daß dieser Christus selbst von dem Tode auferstanden, muß ich darum für wahr halten, daß ebendieser auferstandene Christus der Sohn Gottes gewesen sei?

Daß der Christus, gegen dessen Auferstehung ich nichts Historisches von Wichtigkeit einwenden kann, sich deswegen für den Sohn Gottes ausgegeben, daß ihn seine Jünger deswegen dafür gehalten, das glaube ich herzlich gern. Denn diese Wahrheiten, als Wahrheiten einer und ebenderselben Klasse, folgen ganz natürlich auseinander.

Aber nun mit jener historischen Wahrheit in eine ganz andre Klasse von Wahrheiten herüberspringen und von mir verlangen, daß ich alle meine metaphysischen und moralischen Begriffe darnach umbilden soll, mir zumuten, weil ich der Auferstehung Christi kein glaubwürdiges Zeugnis entgegensetzen kann, alle meine Grundideen von dem Wesen der Gottheit darnach abzuändern; wenn das nicht eine μετάβασις

εἰς ἄλλο γένος[8] ist, so weiß ich nicht, was Aristoteles sonst unter dieser Benennung verstanden.
Man sagt freilich: Aber ebender Christus, von dem du historisch mußt gelten lassen, daß er Tote erweckt, daß er selbst vom Tode erstanden, hat es selbst gesagt, daß Gott einen Sohn gleiches Wesens habe, und daß *er* dieser Sohn sei.
Das wäre ganz gut. Wenn nur nicht, daß dieses Christus gesagt, gleichfalls nicht mehr als historisch gewiß wäre.
Wollte man mich noch weiter verfolgen und sagen: ›O doch! das ist mehr als historisch gewiß; denn inspirierte Geschichtschreiber versichern es, die nicht irren können‹:
So ist auch das leider nur historisch gewiß, daß diese Geschichtschreiber inspiriert waren und nicht irren konnten.
Das, das ist der garstige breite Graben, über den ich nicht kommen kann, sooft und ernstlich ich auch den Sprung versucht habe. Kann mir jemand hinüberhelfen, der tu' es; ich bitte ihn, ich beschwöre ihn. Er verdienet ein Gotteslohn an mir.
Und so wiederhole ich, was ich oben gesagt, mit den nämlichen Worten: Ich leugne gar nicht, daß in Christo Weissagungen erfüllt worden, ich leugne gar nicht, daß Christus Wunder getan, sondern ich leugne, daß diese Wunder, seitdem ihre Wahrheit völlig aufgehöret hat, durch noch gegenwärtig gangbare Wunder erwiesen zu werden, seitdem sie nichts als Nachrichten von Wundern sind (mögen doch diese Nachrichten so unwidersprochen, so unwidersprechlich sein, als sie immer wollen), mich zu dem geringsten Glauben an Christi anderweitige Lehren verbinden können und dürfen.
Was verbindet mich denn dazu? – Nichts als diese Lehren selbst, die vor 1800 Jahren allerdings so neu, dem ganzen Umfange damals erkannter Wahrheiten so fremd, so uneinverleiblich waren, daß nichts Geringers als Wunder und erfüllte Weissagungen erfordert wurden, um erst die Menge aufmerksam darauf zu machen.
Die Menge aber auf etwas aufmerksam machen, heißt: den gesunden Menschenverstand auf die Spur helfen.
Auf die kam er, auf der ist er, und was er auf dieser Spur

8. ein ›Übergang in eine andere Gattung‹; ein logischer Fehler, da in einen anderen Begriff ausgewichen wird, so daß eine andere als die zu beweisende Behauptung bewiesen wird.

rechts und links aufgejaget, das, das sind die Früchte jener Wunder und erfüllten Weissagungen.
Diese Früchte sähe ich vor mir reifen und gereift, und ich sollte mich damit nicht sättigen dürfen, weil ich die alte fromme Sage, daß die Hand, die den Samen dazu ausgestreuet, sich siebenmal bei jedem Wurfe in Schneckenblute waschen müssen – nicht etwa leugnete, nicht etwa bezweifelte –, sondern bloß an ihren Ort gestellt sein ließe? – Was kümmert es mich, ob die Sage falsch oder wahr ist; die Früchte sind trefflich.
Gesetzt, es gäbe eine große nützliche mathematische Wahrheit, auf die der Erfinder durch einen offenbaren Trugschluß gekommen wäre – (wenn es dergleichen nicht gibt, so könnte es doch dergleichen geben) –, leugnete ich darum diese Wahrheit, entsagte ich darum, mich dieser Wahrheit zu bedienen? wäre ich darum ein undankbarer Lästerer des Erfinders, weil ich aus seinem anderweitigen Scharfsinne nicht beweisen wollte, es für beweislich daraus gar nicht hielt, daß der Trugschluß, durch den er auf die Wahrheit gestoßen, kein Trugschluß sein *könne*? –
– Ich schließe und wünsche: möchte doch alle, welche das Evangelium Johannis trennt, das Testament Johannis[9] wieder vereinigen! Es ist freilich apokryphisch, dieses Testament, aber darum nicht weniger göttlich.

(Lessing: Die Erziehung des Menschengeschlechts und andere Schriften. Mit einem Nachwort von Helmut Thielicke. Stuttgart 1967. Reclams UB Nr. 8968. S. 31–38)

Johann Melchior Goeze (1717–86), »Lessings Schwächen« (1778):

»Ich habe aber meine sehr gegründete Ursachen, warum ich, ehe ich auf dieser Bahn einen Schrit mit ihm weiter gehe, von ihm selbst eine völlig runde, und von aller Zweideutigkeit entfernte Erklärung, über die Fragen: *was für eine Religion er durch die christliche Religion verstehe*; und *was für*

9. »Der letzte Wille Johannis: Kinderchen liebt euch!« In seinem ›Gespräch‹ »Das Testament Johannis« zitiert Lessing diesen Satz aus dem Galater-Kommentar des Kirchenvaters Hieronymus, der für das praktische Christentum gegen das dogmatische steht.

eine Religion er selbst als die wahre erkenne und annehme? fordere. Denn daß bey der Religion, die ich als die christliche bekenne und predige, die Bibel schlechterdings unentbehrlich sey, das kan ich beweisen, aber nicht daß solches auch von der Religion gelte, welche Herr Leßing die *christliche* nennet, und welche die *seinige* ist. Hier kan er gar leicht den Sieg behaupten. Allein alsdenn entstehet wieder die Frage: ist diese Religion die wahre christliche Religion? Auf diese komt es vornehmlich an. Und wie ist es möglich, diese Frage zu untersuchen und zu entscheiden, so lange Herr Leßing hier einer deutlichen und bestimten Erklärung ausweicht, und wenn er sich hier als ein ehrlicher Man erklären sol, den Lesern lauter blaue Dünste in die Augen bläset.«

(Goezes Streitschriften, S. 124 f.)

Lessings »Nötige Antwort auf eine sehr unnötige Frage des Herrn Hauptpastor Goeze in Hamburg« (1778):

»[...] ich antworte auf die vorgelegte Frage so bestimmt, als nur ein Mensch von mir verlangen kann, daß ich unter der christlichen Religion alle diejenigen Glaubenslehren verstehe, welche in den Symbolis der ersten vier Jahrhunderte der christlichen Kirche enthalten sind.«

(P/O, Bd. 23, S. 259)

IV. Dokumente zur Entstehungsgeschichte

Resolutio für den Hofrat und Bibliothekar Lessing zu Wolfenbüttel, dessen neuerlich herausgegebene Schriften betreffend:

Der Durchleuchtigste Fürst und Herr, Herr Karl Herzog zu Braunschweig und Lüneburg etc. lassen dem Hofrat und Bibliothekar Lessing zu Wolfenbüttel auf desselben untertänigstes Ansuchen, daß seine eigene Schriften fernerhin von der Zensur ausgenommen, und die Waisenhaus-Buchhandlung bedeutet werden möge, daß sie besonders seine sogenannten Anti-Goezischen Blätter nach wie vor verlegen und ohne vorgängige Zensur drucken lassen könne, hiemit die Resolution erteilen: daß, gleichwie es überhaupt bei der angeordneten Konfiskation der noch vorrätigen Exemplarien des 3ten und 4ten Teils der sogenannten ›Beiträge aus den Schätzen der Bibliothek zu Wolfenbüttel‹ sowohl, als des besonders gedruckten ›Fragments von dem Zweck Jesu und seiner Jünger‹, auch aller anderen darauf einen Bezug habenden Schriften ein für allemal sein Bewenden hat, also auch fürs Künftige, nachdem die Dispensation von der Zensur wegen des davon gemachten Mißbrauchs aufgehoben werden müssen, weder die sogenannten Anti-Goezischen Blätter, noch sonst andre eigene oder fremde Schriften, sie mögen Namen haben, wie sie wollen, ohne Zensur drucken zu lassen dem Supplikanten gestattet werden könne; sondern derselbe, was er fernerhin drucken zu lassen gemeinet ist, an Höchstgedachtes Sr. Durchl. Fürstliches Ministerium bis zu anderweiter Verordnung jedesmal zuvörderst einzuschicken, hienächst aber die hier einmal konfiszierten Schriften auswärts drucken zu lassen bei Vermeidung unangenehmer Verordnung sich zu enthalten habe; gleichwie denn auch demselben, daß er dem Fürstlichen Consistorio bei Ausübung der diesem Landescollegio obliegenden teuren Pflichten einer Unbedachtsamkeit zu beschuldigen sich nicht zu viel sein lassen, hiemit ernstlich verwiesen wird.

Braunschweig, den 3ten August 1778 Urkundlich etc.

An Herzog Karl von Braunschweig

Durchlauchtigster Herzog, Gnädigster Herr,
Ewr. Durchlaucht verzeihen gnädigst, daß ich mich gedrungen sehe, nur noch um eine einzige Erklärung des erhaltenen Reskripts vom 3ten h. untertänigst zu bitten.
Es wird mir darin angedeutet, daß ich alles, was ich fernerhin drucken zu lassen gemeint sei, zuvörderst an Ewr. Durchlaucht Ministerium einsenden soll.
Aber dieses ist doch wohl nur von dem zu verstehen, was ich fernerhin in Ewr. Durchlaucht Landen drucken zu lassen gemeint bin?
Sollte es auch von dem zu verstehen sein, was ich auswärts drucken zu lassen für nötig erachte: so muß ich selbst anzeigen, daß ich mit beiliegendem Bogen bereits einen Befehl übertreten habe, dessen ich mich nicht versehen können. Dieser Bogen ist zu Berlin gedruckt, und hat die verordnete Zensur daselbst passieret.
Da ich nun ein mehrers daselbst drucken zu lassen im Begriffe bin: so flehe ich Ewr. Durchlaucht untertänigst, Höchstdero Ministerio zu befehlen, sich deutlicher über diesen Punkt zu erklären, als von welcher Erklärung allein die Möglichkeit abhängt, ob ich gehorchen kann, oder nicht.
Den Verweis, der mir in Ewr. Durchlaucht Namen in dem nämlichen Reskripte gegeben wird, nehme ich als den Verweis meines gnädigen Herrn an, dessen unwandelbare Billigkeit mir hinzuzufügen erlaubt, daß ich nicht glaube, ihn verdient zu haben. Ich habe bloß gesagt, daß das Consistorium die Konfiskation der Fragmente *unbedachtsam eingeleitet habe*: und das ist offenbar; nämlich dadurch, daß es Ursache ist, daß in dieser Konfiskation zugleich meine Schriften begriffen sind, die einzig und allein zur Widerlegung der Fragmente abzwecken. Wenn Ewr. Durchlaucht auf die Anzeigungen des Consistorii resolvieren, so ist meine Pflicht zu gehorchen; und das tu ich: aber zugleich die Klugheit und Billigkeit der Anzeigungen des Consistorii in allen Stücken anzuerkennen, das kann zu meiner Pflicht unmöglich mit gerechnet werden.

Ich ersterbe in tiefster Devotion

Ewr. Durchlaucht
untertänigster Knecht.
Lessing.

Wolfenbüttel,
den 8. August 1778

Resolution für den Hofrat Lessing, dessen neuere Schriften in Religionssachen betreffend:
Der Durchleuchtigste Fürst und Herr (Titul. Sereniss.) lassen dem Hofrat und Bibliothekar Lessing auf Desselben fernerweite untertänigste Vorstellung gegen die in Rücksicht der Herausgabe seiner künftigen Schriften gemachte Verfügung hiemit die Resolution erteilen, daß wie Höchstgedachte Sr. Durchl. bei der Höchsten Resolution vom 3ten dieses es lediglich bewenden lassen; also auch Höchstdieselbe dem Supplikanten nicht gestatten können, daß er in Religionssachen, so wenig hier als auswärts, auch weder unter seinem noch anderen angenommenen Namen, ohne vorherige Genehmigung des Fürstl. Geheimen Ministerii ferner etwas drucken lassen möge, wobei demselben zugleich, daß er auf die eingesandte zu Berlin gedruckte Bogen statt dessen den Druckort Wolfenbüttel setzen lassen, hiemit ernstlich verwiesen wird, und hat derselbe sich dergleichen künftig zu enthalten.

Br[aunschweig], d. 17ten Aug. 1778 C.

(G. E. Lessing: Gesammelte Werke. Hrsg. von Paul Rilla. Bd. 9, S. 778 f.)

An Karl Lessing

Wolfenbüttel, den 11. Aug. 1778

Ich habe den Bogen erhalten, und danke Dir und unserm Voß[1] für die prompte Besorgung. Es wird auf Goezen ankommen, ob meine künftigen Antworten klein oder groß werden. Materie hätte ich zu Folianten; und auch bogenweise lassen sich Folianten zusammen schreiben.
Noch weiß ich nicht, was für einen Ausgang mein Handel nehmen wird. Aber ich möchte gern auf einen jeden gefaßt sein. Du weißt wohl, daß man das nicht besser ist, als wenn man Geld hat, so viel man braucht; und da habe ich diese vergangene Nacht einen närrischen Einfall gehabt. Ich habe vor vielen Jahren einmal ein Schauspiel entworfen, dessen Inhalt eine Art von Analogie mit meinen gegenwärtigen Streitigkeiten hat, die ich mir damals wohl nicht träumen

1. Christian Friedrich Voß (1722–95), Lessings Berliner Verleger.

ließ. Wenn Du und Moses[2] es für gut finden, so will ich das Ding auf Subskription drucken lassen, und Du kannst nachstehende Ankündigung nur je eher je lieber ein paar hundertmal auf einem Oktavblatte abdrucken lassen, und ausstreuen, so viel und so weit Du es für nötig hältst. Ich möchte zwar nicht gern, daß der eigentliche Inhalt meines anzukündigenden Stücks allzufrüh bekannt würde; aber doch, wenn Ihr, Du oder Moses, ihn wissen wollt, so schlagt das »Decamerone« des Boccaccio auf: Giornata I, Nov. III. Melchisedech Giudeo. Ich glaube, eine sehr interessante Episode dazu erfunden zu haben, daß sich alles sehr gut soll lesen lassen, und ich gewiß den Theologen einen ärgern Possen damit spielen will, als noch mit zehn Fragmenten. Antworte mir, wenn Du kannst, unverzüglich.

Ankündigung

Da man durchaus will, daß ich auf einmal von einer Arbeit feiern soll, die ich mit derjenigen frommen Verschlagenheit ohne Zweifel nicht betrieben habe, mit der sie allein glücklich zu betreiben ist: so führt mir mehr Zufall als Wahl einen meiner alten theatralischen Versuche in die Hände, von dem ich sehe, daß er schon längst die letzte Feile verdient hätte. Nun wird man glauben, daß ihm diese zu geben, ich wohl keine unschicklichere Augenblicke hätte abwarten können, als Augenblicke des Verdrusses, in welchen man immer gern vergessen möchte, wie die Welt wirklich ist. Aber mit nichten: die Welt, wie ich sie mir denke, ist eine ebenso natürliche Welt, und es mag an der Vorsehung wohl nicht allein liegen, daß sie nicht ebenso wirklich ist.

Dieser Versuch ist von einer etwas ungewöhnlichen Art, und heißt: *Nathan, der Weise, in fünf Aufzügen.* Ich kann von dem nähern Inhalte nichts sagen; genug, daß er einer dramatischen Bearbeitung höchst würdig ist, und ich alles tun werde, mit dieser Bearbeitung *selbst zufrieden* zu sein.

Ist nun das deutsche Publikum darauf begierig: so muß ich ihm den Weg der Subskription vorschlagen. Nicht weil ich

2. Moses Mendelssohn (1729–86), Kaufmann in Berlin und Popularphilosoph, seit 1754 mit Lessing befreundet.

mit einem einzigen von den Buchhändlern, mit welchen ich noch bisher zu tun gehabt habe, unzufrieden zu sein Ursache hätte: sondern aus andern Gründen.

Meine Freunde, die in Deutschland zerstreuet sind, werden hiermit ersucht, diese Subskription anzunehmen und zu befördern. Wenn sie mir gegen Weihnachten dieses Jahres wissen lassen, wie weit sie damit gekommen sind: so kann ich um diese Zeit anfangen lassen, zu drucken. Das Quantum der Subskription wird kaum einen *Gulden* betragen: den Bogen zu einem Groschen gerechnet, und so gedruckt, wie meine übrigen dramatischen Werke bei *Voß* gedruckt sind.

Wolfenbüttel den 8ten August 1778.

Gotthold Ephraim Lessing.

(P/O, Bd. 2, S. 312 f.)

An Elise Reimarus[3]

Meine werte Freundin, ich danke Ihnen für die gütige Übersendung des 3ten Stücks meiner »Schwächen«, die ein wenig stark zu werden anfangen. Meine Antwort darauf[4] ist schon fertig, und ich würde eine Abschrift davon beilegen, wenn ich sie Ihnen nicht lieber – selbst bringen wollte. In allem Ernste: ich bin in einigen Tagen in Hamburg; und wenn die Geschäfte, die mich dahin bringen, auch wohl die angenehmsten nicht sein dürften, so weiß ich doch schon das Haus, wo ich wenigstens einige vergnügte Stunden werde zubringen können. Ich empfehle mich Ihnen, und diesem ganzen Hause; von dem ich nur noch im voraus besorge, daß ich meine Besuche in selbigem mehr nach der Klugheit, als nach meiner Neigung werde einrichten müssen.

Das Angeschlossene ist eine Ankündigung, über welche meine Freunde sich zum Teil wundern werden. Aber wenn Sie im »Decameron« des Boccaz (I. 3.) die Geschichte vom Juden Melchisedech, welche in meinem Schauspiele zum Grunde liegen wird, aufschlagen wollen, so werden Sie den Schlüssel dazu leicht finden. Ich muß versuchen, ob man

3. Elise Reimarus (1735–1805), Tochter von Hermann Samuel Reimarus (vgl. Kap. III, 3).

4. »Nötige Antwort auf eine sehr unnötige Frage des Herrn Hauptpastor Goeze in Hamburg«, Erste Folge, 1778.

mich auf meiner alten Kanzel, auf dem Theater wenigstens, noch ungestört will predigen lassen.
Mündlich bald ein Mehreres.

Wolfenb., den 6. Septbr. 1778

Dero ergebenster Freund, Lessing.

An Karl Lessing

Wolfenbüttel, den 20. Okt. 1778

Jetzt ist man hier auf meinen »Nathan« gespannt, und besorgt sich davon, ich weiß nicht was. Aber, lieber Bruder, selbst Du hast Dir eine ganz unrechte Idee davon gemacht. Es wird nichts weniger, als ein satirisches Stück, um den Kampfplatz mit Hohngelächter zu verlassen. Es wird ein so rührendes Stück, als ich nur immer gemacht habe, und Herr Moses hat ganz recht geurteilt, daß sich Spott und Lachen zu dem Tone nicht schicken würde, den ich in meinem letzten Blatte angestimmt (und den Du auch in dieser Folge[5] beobachtet finden wirst), falls ich nicht etwa die ganze Streitigkeit aufgeben wollte. Aber dazu habe ich noch ganz und gar keine Lust, und er soll schon sehen, daß ich meiner eigenen Sache durch diesen dramatischen Absprung im geringsten nicht schade. [...]
Meine Ankündigung des »Nathan« habe ich nirgends hingeschickt, als nach Hamburg. Sonst überall, wenn Du willst, kannst Du Dein Netz für mich aufstellen. Ich besorge schon, daß auch auf diesem Wege, auf welchem so viele etwas gemacht haben, ich nichts machen werde; wenn meine Freunde für mich nicht tätiger sind, als ich selbst. Aber wenn sie es auch sind: so ist vielleicht das Pferd verhungert, ehe der Hafer reif geworden.

An Karl Lessing

Wolfenbüttel, den 7. November 1778

Mein »Nathan«, wie mir Professor Schmid und Eschenburg[6] bezeugen können, ist ein Stück, welches ich schon vor drei

5. »Nötige Antwort . . .«, Erste Folge.
6. Konrad Arnold Schmid (1716–89), Professor der Theologie und römischen Literatur am Collegium Carolinum in Braunschweig. – Johann Joachim Eschenburg (1743–1820), Literaturhistoriker und Übersetzer, Professor am Carolinum in Braunschweig. Freund, Mitarbeiter und Herausgeber Lessings.

Jahren, gleich nach meiner Zurückkunft von der Reise, vollends aufs Reine bringen und drucken lassen wollen. Ich habe es jetzt nur wieder vorgesucht, weil mir auf einmal beifiel, daß ich, nach einigen kleinen Veränderungen des Plans, dem Feinde auf einer andern Seite damit in die Flanke fallen könne. Mit diesen Veränderungen bin ich nun zu Rande, und mein Stück ist so vollkommen fertig, als nur immer eins von meinen Stücken fertig gewesen, wenn ich sie drucken zu lassen anfing. Gleichwohl will ich noch bis Weihnachten daran flicken, polieren, und erst zu Weihnachten anfangen, alles aufs Reine zu schreiben, und à mesure[7] abdrucken zu lassen, daß ich unfehlbar auf der Ostermesse damit erscheinen kann. Früher habe ich damit nie erscheinen wollen; denn Du erinnerst Dich doch wohl, daß ich in meiner Ankündigung zu Weihnachten vorher die Zahl der Subskribenten zu wissen verlangt habe.

Und also wäre der *eine* Punkt, über den Herr Voß gewiß sein möchte, ohne alle Schwierigkeit. Ostern 1779 ist mein Stück gedruckt, und wenn auch nicht zwanzig Personen darauf subskribiert hätten; – und wenn ich es für mein eigenes Geld müßte drucken lassen.

Auch könnte ich über den zweiten Punkt ihn völlig beruhigen. Mein Stück hat mit unsern jetzigen Schwarzröcken nichts zu tun; und ich will ihm den Weg nicht selbst verbauen, endlich doch einmal aufs Theater zu kommen, wenn es auch erst nach hundert Jahren wäre. Die Theologen aller geoffenbarten Religionen werden freilich innerlich darauf schimpfen; doch dawider sich öffentlich zu erklären, werden sie wohl bleiben lassen.

Aber nun sage mir, was will eigentlich Herr Voß? Durch welches neue Avertissement[8] glaubt er mir den besagten Vorteil schaffen zu können? Dieser Vorteil würde mir allerdings sehr willkommen sein; denn ich bin nie ein Feind vom Gelde gewesen, und jetzt bin ich es am allerwenigsten. Den Besitz meines Stücks nach der Subskription habe ich ihm, vom Anfang an, zugedacht.

Nur mit dem Pränumerieren[9] möchte ich gern nichts zu tun

7. nach Maßgabe.
8. Benachrichtigung, Nachricht.
9. Vorausbezahlen.

haben. Denn wenn ich nun plötzlich stürbe? So bliebe ich vielleicht tausend Leuten einem jeden einen Gulden schuldig, deren jeder für zehn Taler auf mich schimpfen würde. Und wozu auch? Geld bis zu Ostern brauche ich freilich, und die Sorge, es anzuschaffen, wird mich oft in einer Arbeit unterbrechen, in der man gar nicht unterbrochen sein müßte.

Aber wenn Du wirklich meinst, daß Dein andrer Vorschlag tunlich sei, und sich wohl noch ein Freund fände, der mir das Benötigte zu den gewöhnlichen Zinsen vorschösse, so würde ich diesen tausendmal annehmlicher finden. Ich brauchte aber wenigstens 300 Taler, um mit aller Gemächlichkeit einer Arbeit nachzuhängen, in welcher auch die kleinsten Spuren der Zerstreuung so merklich werden. Ich will gern alle Sicherheit geben, die ich jetzt zu geben im Stande bin: meinen Wechsel; und wenn ich plötzlich stürbe, würde doch wohl auch noch so viel übrig sein, daß dieser Wechsel bezahlt werden könnte.

An Karl Lessing

Braunschweig, den 7. Dez. 1778

In Erwartung Deines letzt Versprochenen, wenigstens in Erwartung, so bald als möglich zu erfahren, ob und wenn ich gewiß darauf rechnen könne, schicke ich Dir hier den Anfang meines Stücks; aus Absicht, die ich in meinem letzten an Herrn Voß gemeldet habe. Laß einen Bogen auf Papier, wie meine dramatische Schriften, doch so bald als möglich absetzen; damit ich ungefähr wissen kann, was so ein Bogen faßt, und ich meinen Pegasus ein wenig anhalten kann, wenn er freies Feld sieht. Das Stück braucht eben nicht sechzehn Bogen zu werden, weil ich eine ziemlich starke Vorrede[10] dazu in petto habe. Wenn es aber auch über sechzehn Bogen wird: so habe ich mich in dem Avertissement wegen des Subskriptionspreises bereits erklärt.

Wenn ich Dir noch nicht geschrieben habe, daß das Stück in Versen ist: so wirst Du Dich vermutlich wundern, es so zu finden. Laß Dir aber nur wenigstens nicht bange sein, daß

10. Die Vorrede entfiel dann, vgl. Briefe vom 15. Januar, 16. und 19. März 1779 und die Entwürfe S. 112–114.

ich darum später fertig werden würde. Meine Prose hat mir von jeher mehr Zeit gekostet, als Verse. Ja, wirst Du sagen, als solche Verse! – Mit Erlaubnis; ich dächte, sie wären viel schlechter, wenn sie viel besser wären. Es soll mich verlangen, was Herr Ramler[11] dazu sagen wird. Ihm und Herrn Moses kannst Du sie wohl weisen, dessen Urteil vom Tone des Ganzen ich wohl auch zu wissen begierig wäre. Es versteht sich, wenn der Bogen abgesetzt ist, daß ich das Manuskript wieder zurückhaben muß.

An Karl Wilhelm Ramler

Wolfenbüttel, d. 18. Dezemb. 1778

Allerdings, mein lieber Ramler, bin ich Ihnen eine Entschuldigung schuldig, warum ich in dem ersten versifizierten Stücke, das ich mache, nicht unser verabredetes Metrum gebraucht habe. Die reine lautre Wahrheit ist, daß es mir nicht geläufig genug war. Ich habe Ihren »Cephalus« wohl zehnmal gelesen; und doch wollten mir die Anapästen niemals von selbst kommen. Sie in den fertigen Vers hineinflicken, das wollt' ich auch nicht. – Aber nur Geduld! Das ist bloß ein Versuch, mit dem ich eilen muß, und den ich so ziemlich, in Ansehung des Wohlklanges, von der Hand wegschlagen zu können glaube. Denn ich habe wirklich die Verse nicht des Wohlklanges wegen gewählt: sondern weil ich glaubte, daß der orientalische Ton, den ich doch hier und da angeben müssen, in der Prose zu sehr auffallen dürfte. Auch erlaube, meinte ich, der Vers immer einen Absprung eher, wie ich ihn itzt zu meiner anderweitigen Absicht bei aller Gelegenheit ergreifen muß. Mir gnüget, daß Sie nur so mit der Versifikation nicht ganz und gar unzufrieden sind. Ein andermal will ich Ihrem Muster besser nachfolgen. Doch muß ich Ihnen voraussagen, daß ich sechsfüßige Zeilen nie wählen werde. Wenn es auch nur der armseligen Ursache wegen wäre, daß sich im Drucken auf ordinärem Oktav die Zeilen so garstig brechen. – Ihre grammatikalischen Zettel sollen Ihnen unverloren sein: ich will sie fürs erste nur noch bei mir behalten, um den Inhalt desto gewisser zu befolgen. – Nur *Fäden*

11. Karl Wilhelm Ramler (1725–98), Odendichter und Übersetzer, Lehrer am Kadetteninstitut in Berlin.

möchte ich doch lieber, als *Faden*; weil Faden sehr leicht für den Singularis genommen werden könnte, wenn der Artikel *den* nicht recht deutlich von *dem* unterschieden würde. – Ihre Lesart im 201. Verse: *Wem schmeichelt Ihr* etc. ist eine wahre Verbesserung, die ich mit vielem Dank annehme. – Ich sende mit heutiger Post wieder einen ziemlichen Flatschen an meinen Bruder. Wenn Sie auch den lesen: so tun Sie mir einen Gefallen; und ich will ausdrücklich, daß Sie ihn länger als eine Stunde behalten können, um alle Ihre Anmerkungen zu haben. – [. . .] Leben Sie recht wohl! Wir schreiben uns vor dem Geburtstage ja wohl noch einmal: und wenn ich mit dem »Nathan« sodann fertig bin – wer weiß?

An Karl Lessing

Wolfenbüttel, den 19. Dez. 1778

Du erhältst hierbei die Fortsetzung meines Stücks bis zu Seite 74. Wenn Ramler in diesem neuen Flatschen auch nur wieder eine sechsfüßige Zeile entdeckt, so ist es mir schon lieb. Du mußt doch auch sehen, daß ich wirklich mit allem Ernste fortarbeite.

Bei dieser Gelegenheit will ich Dir doch aber auch sagen, daß Du alle Deine Auslagen, die Dir der »Nathan« schon gemacht hat, und vermutlich noch machen wird, ja wohl aufschreiben, und mir zu seiner Zeit wieder abfordern mußt.

Nun bin ich begierig auf den Probebogen, und zu hören, was Du wegen des Druckes für das dienlichste achtest. Ich will doch nicht hoffen, daß mir der Zensor in Berlin wird Händel machen? Denn er dürfte leicht in der Folge mehr sehr auffallende Zeilen finden, wenn er aus der Acht läßt, aus welchem Munde sie kommen, und die Personen für den Verfasser nimmt. – Lebe recht wohl!

An Johann Gottfried Herder

Sie sind sehr gütig, daß Sie nach zwei Briefen, die ich nicht so beantworten konnte, als ich gern wollte, und also lieber gar nicht beantwortete, mich noch des dritten würdigen. Sie glauben nicht, wie angenehm er mir gewesen, und wie dankbar ich gern dafür sein möchte. Denn er antwortet mir unge-

fragt auf mancherlei Dinge, wobei immer einer von meinen ersten Gedanken gewesen ist: Was wird Herder dazu sagen?
»Nathan« kann nicht eher als in der Ostermesse erscheinen, und Sie sollen von Leipzig aus die verlangten Exemplare erhalten. Ich will hoffen, daß Sie weder den Prophet Nathan, noch eine Satire auf Goezen erwarten. Es ist ein Nathan, der beim Boccaz (Giornata 1. Novella 3.) Melchisedek heißt, und dem ich diesen Namen nur immer hätte lassen können, da er doch wohl wie Melchisedek, ohne Spur vor sich und nach sich, wieder aus der Welt gehen wird. »Introite, et hic Dii sunt!« kann ich indes sicher meinen Lesern zurufen, die dieser Fingerzeig noch unmutiger machen wollte.

Wolfenbüttel, den 10. Jenner 79

An Karl Lessing

Wolfenbüttel, den 15. Januar 1779

Du bekommst hierbei nicht allein abermals einen neuen Flatschen des Manuskripts (von Seite 75–116), den ich Dich Ramlern zu kommunizieren bitte; sondern auch den ersten Flatschen wieder, der nun völlig so ist, wie er kann gedruckt werden. Ich habe, mit den Malern zu reden, die letzten Lichterchen aufgesetzt; das ist, die eigentlichen Vorbereitungen eingeschaltet, die sich ganz vom Anfange nicht absehen lassen. Fangt also nur an zu drucken, sobald Ihr wollt. Ich habe einen zu großen Vorsprung, als daß mich die Setzer einholen sollten. Ich wähle aber die letztere kleinere Probeschrift, um dem Brechen der Zeilen schlechterdings vorzubeugen: nur muß die Kolumne um eine oder zwei Zeilen länger und höher sein; denn mit 19 Zeilen ist sie wirklich gegen die Breite zu kurz. Es tut mir zwar leid, daß ich sonach wenigstens 24 Bogen anstatt 16 Bogen geben muß; doch ich denke, wer von meinen Subskribenten einen Gulden daran hat wagen wollen, der wagt auch wohl einen Taler daran, und so komme ich wieder dem Rabatt nach, den ich den Buchhändlern abgebe. Aber nun möchte ich auch gern wissen, wie viel Du und Voß eigentlich Subskribenten habt? Ich für mein Teil muß wenigstens 1000 Exemplare haben: denn

so viel haben sich bei mir unmittelbar gemeldet; und ich will hoffen, daß Du hierauf schon gerechnet hast, wenn Du mir schreibst, daß eine starke Auflage gedruckt werden müsse.
Was bei dem Abdrucke zu beobachten ist, habe ich für den Setzer auf ein einzelnes Blatt geschrieben. Besonders muß der Unterschied an Strichen – und Punkten .... ja wohl beobachtet werden. Denn dieses ist ein wesentliches Stück meiner neuen Interpunktion für die Schauspieler; über welche ich mich in der Vorrede erklären wollte, wozu ich aber nun wohl schwerlich Platz haben dürfte. Auch sollte, nach meinem ersten Anschlage, noch ein Nachspiel dazu kommen, genannt *Der Derwisch,* welches auf eine neue Art den Faden einer Episode des Stücks selbst wieder aufnähme, und zu Ende brächte. Aber auch das muß wegbleiben, und Du siehst wohl, daß ich sonach bei einer zweiten Auflage mein Stück noch um die Hälfte stärker machen kann. Doch ich weiß noch nicht, wie die erste Auflage aufgenommen wird, und denke schon an die zweite! Sobald ich den zweiten Flatschen Manuskript zurück habe, will ich ihn gleichfalls in wenig Tagen absolvieren und wieder zurücksenden.

An Karl Lessing

Wolfenbüttel, den 16. März 1779

Hier wieder frisches Manuskript von 172–202, wobei sich bereits die ersten Bogen des fünften Aufzuges befinden. Und nun wirst Du mir doch glauben, daß ich zu Ende dieses Monats gewiß fertig bin? – Aber wie es um den Druck steht, das mag Gott wissen! Es sind nun schon wieder vierzehn Tage seit Deinem Letztern verflossen, und ich sehe und höre nichts von Aushängebogen. Wenn Du mir doch nur wenigstens einen Korrekturbogen von den besagten dreien geschickt hättest! – Es wäre kein Wunder, wenn ich mir, ich weiß nicht was, einbildete. Denn auch von meinen anderweitigen Fragen hast Du mir ja keine einzige beantwortet. Ich weiß ja weder, wie viel Subskribenten Du, noch wie viel Voß hat. Am Ende kann ja Voß nicht einmal so viel haben, daß nur die 300 Taler an M[oses] W[essely] in Leipzig davon bezahlt werden können. Alsdann käme ich gut an! Denn ich habe an M[oses] W[essely] einen Wechsel darüber auf vier Monate ausgestellt, der mir sodann auf den Hals käme, ohne daß ich die geringste Anstalt desfalls gemacht hätte. Du glaubst nicht, wie mich das bekümmert, und es wäre ein Wunder, wenn man es meiner Arbeit nicht anmerkte, unter welcher Unruhe ich sie zusammen schreibe. Da ich gar nicht weiß, wie viel Bogen das Stück betragen wird, so habe ich mir nun vorgenommen, ganz und gar keine Vorrede vorzusetzen; sondern diese, nebst dem Nachspiele: *Der Derwisch*, und verschiedenen Erläuterungen, auch einer Abhandlung über die dramatische Interpunktion, entweder zu einem zweiten Teile, oder zu einer neuen vermehrten Auflage zurückzubehalten. – Nimm meine Quälereien nicht übel und lebe wohl!

An Karl Lessing

Wolfenbüttel, den 19. März 1779

Da ich übrigens nun sehe, daß das Stück zwischen 18 und 19 Bogen wird, so bleibt es dabei, daß ich entweder gar keine, oder doch nur eine ganz kurze Vorrede vorsetze, und daß ich alles Übrige unter dem Titel: *Der Derwisch, ein Nachspiel zum Nathan*, besonders drucken lasse, und zwar auf dem nämlichen Wege der Subskription, wenn ich anders sehe, daß es sich der Mühe damit verlohnt. Denn für nur ganz mittelmäßige Vorteile mache ich mich nie wieder auf fünf Monate zum Sklaven einer dramatischen Arbeit. So viel Zeit, leider! habe ich mir mit dieser verdorben. Und wer weiß, wie sie noch aufgenommen wird!

An Karl Wilhelm Ramler

Wolfenbüttel, den 30. März 1779

In meinem letzten Manuskript haben Sie nur ein paar sechsfüßige Verse angemerkt: und weiter nichts? – Sie werden es freilich müde sein, armer Mann! Aber noch ein kleines *Zwing dich Israel*: und wir sind fertig. Für die schöne Kollekte danke ich Ihnen herzlich. Wenn Sie auch einmal so ein Treibejagen anstellen wollen: will ich mich gewiß auch nicht lumpen lassen; und Ihnen Subskribenten aus Marokko schaffen, wo ich wirklich jetzt einen guten Freund habe. Leben Sie wohl!

An Karl Lessing

Wolfenbüttel, den – April 1779

Ich wollte schon an allem verzweifeln, – denn Du mußt wissen, daß ich mich dem ärgerlichen, mißtrauischen Alter mit großen schnellen Schritten nähere – als ich endlich Deinen Brief vom 9ten dieses mit den Aushängebogen bekam, und die Möglichkeit daraus erkannte, daß der »Nathan« noch so eben auf der Messe erscheinen könne. Das beste ist, daß er nicht weit nach Leipzig hat! Freilich, wenn er nur eben mit Torschlusse nach Leipzig kömmt, so werde ich ihn schwerlich hier eher haben, als ihn jeder Buchhändler, die alle mit Extrapost nach Hause fahren, seines Orts mitbringen kann. Und Du glaubst gar nicht, wie unangenehm und nachteilig mir es ist, daß meine Subskribenten ihn nicht zu allererst aus meinen Händen bekommen sollen. Tue doch also ja Dein Möglichstes, und schreibe dem Buchdrucker, daß er vor allen Dingen, noch ehe er ein Exemplar nach Leipzig sendet, an mich hierher nach Wolfenbüttel 1000 Stück abschickt. Außer diesen 1000 brauche ich noch, wie beigehender Zettel ausweiset, an zweihundert, die Du Herrn Voß bitten mußt, von da aus zu spedieren.
Der Preis muß notwendig 18 Groschen sein; denn das Stück muß zuverlässig 18 volle Bogen betragen, da die ersten 3 Akte eilf Bogen füllen, und die zwei letzten um nichts kürzer sind, als jene. Ja, ich glaube nicht einmal, daß alles auf 18 Bogen gehen wird. Schicke mir ja die Aushängebogen, so weit Du sie immer hast; denn ich halte es wirklich für notwendig, die Druckfehler anzuzeigen. So steht z. E. *Dalk* anstatt *Delk*, welches im Arabischen der Name des Kittels eines Derwisch ist. Ich hätte freilich können die fremden Wörter alle erklären, z. B.: *Div*, so viel als Fee, *Ginnistan*, so viel als Feenland, *Jamerlonk*, das weite Oberkleid der Araber usw. Aber auch das kann entweder in einer zweiten Ausgabe Platz finden, oder im Anhange des »Derwisch«. Diesen will ich diesen Sommer schon auch noch Zeit finden, auszuarbeiten.

An Karl Lessing

Wolfenbüttel, den 18. April 1779

Auf umstehendem Blatte schicke ich Dir die beträchtlicheren Druckfehler. Alle übrigen und sonstigen Unschicklichkeiten

Nathan der Weise.

Ein

Dramatisches Gedicht,

in fünf Aufzügen.

Introite, nam et heic Dii sunt!

APVD GELLIVM.

Von

Gotthold Ephraim Lessing.

1779.

Titelblatt des Erstdrucks (Foto: Herzog-August-Bibliothek, Wolfenbüttel)

des Drucks will ich in dem Exemplare bemerken, das zu einer zweiten Ausgabe bereit sein soll.
Es kann wohl sein, daß mein »Nathan« im Ganzen wenig Wirkung tun würde, wenn er auf das Theater käme, welches wohl nie geschehen wird. Genug, wenn er sich mit Interesse nur lieset, und unter tausend Lesern nur *einer* daraus an der Evidenz und Allgemeinheit seiner Religion zweifeln lernt.

An Friedrich Heinrich Jacobi[12]

Der Verfasser des »Nathan« möchte dem Verfasser des »Woldemar« die unterrichtende und gefühlvolle Stunde, die ihm dieser gemacht hat, gern vergelten. Aber durch »Nathan«? Wohl schwerlich. »Nathan« ist ein Sohn seines eintretenden Alters, den die Polemik entbinden helfen.

Wolf., den 18. Mai 79

An Karl Lessing

Wolfenbüttel, den 12. Dez. 1779

Vor einigen Tagen habe ich die Schrift des D. Tralles[13] erhalten. Was sagst Du dazu? Was sagt man in Breslau dazu? Nur sein hohes Alter rettet den Mann von einem bunten Tanze, den ich sonst mit ihm verführen würde.

(Sämtliche abgedruckten Briefe entstammen der Ausgabe von Paul Rilla, Bd. 9, S. 793–845)

Entwürfe zu einer Vorrede (vgl. Anm. 10)

a)

Es ist allerdings wahr, und ich habe keinem meiner Freunde verhehlt, daß ich den ersten Gedanken zum Nathan im Dekameron des Boccaz gefunden. Allerdings ist die dritte Novelle des ersten Buchs, dieser so reichen Quelle theatralischer Produkte, der Keim, aus dem sich Nathan bei mir entwickelt

12. Friedrich Heinrich Jacobi (1743–1819), Vertreter einer in gewissem Gegensatz zur Aufklärung stehenden Gefühls- und Glaubensphilosophie; sein Roman »Woldemar« (1779) behandelt die Stellung eines Genies und reinen Gefühlsmenschen in der bürgerlichen Gesellschaft.
13. Balthasar Ludewig Tralles (1708–97). Vgl. die Rezension S. 117–123.

hat. Aber nicht erst jetzt, nicht erst *nach* der Streitigkeit, in welche man einen Laien, wie mich, nicht bei den Haaren hätte ziehen sollen. Ich erinnere dieses gleich anfangs, damit meine Leser nicht mehr Anspielungen suchen mögen, als deren noch die letzte Hand hineinzubringen imstande war.
Nathans Gesinnung gegen *alle* positive Religion ist von jeher *die meinige* gewesen. Aber hier ist nicht der Ort, sie zu rechtfertigen.

b)

Vorrede.

Wenn man sagen wird, dieses Stück lehre, daß es nicht erst von gestern her unter allerlei Volke Leute gegeben, die sich über alle geoffenbarte Religion hinweggesetzt hätten, und doch gute Leute gewesen wären; wenn man hinzufügen wird, daß ganz sichtbar meine Absicht dahin gegangen sei, dergleichen Leute in einem weniger abscheulichen Lichte vorzustellen, als in welchem der christliche Pöbel sie gemeiniglich erblickt: so werde ich nicht viel dagegen einzuwenden haben.
Denn beides kann auch ein Mensch lehren und zur Absicht haben wollen, der nicht jede geoffenbarte Religion, nicht jede ganz verwirft. Mich als einen solchen zu stellen, bin ich nicht verschlagen genug: doch dreist genug, mich als einen solchen nicht zu verstellen. –
Wenn man aber sagen wird, daß ich wider die poetische Schicklichkeit gehandelt, und jenerlei Leute unter Juden und Muselmännern wolle gefunden haben: so werde ich zu bedenken geben, daß Juden und Muselmänner damals die einzigen Gelehrten waren; daß der Nachteil, welchen geoffenbarte Religionen dem menschlichen Geschlechte bringen, zu keiner Zeit einem vernünftigen Manne müsse auffallender gewesen sein, als zu den Zeiten der Kreuzzüge, und daß es an Winken bei den Geschichtschreibern nicht fehlt, ein solcher vernünftiger Mann habe sich nun eben in einem Sultane gefunden.
Wenn man endlich sagen wird, daß ein Stück von so eigner Tendenz nicht reich genug an eigner Schönheit sei: – so werde ich schweigen, aber mich nicht schämen. Ich bin mir eines

Ziels bewußt, unter dem man auch noch viel weiter mit allen Ehren bleiben kann.
Noch kenne ich keinen Ort in Deutschland, wo dieses Stück schon jetzt aufgeführt werden könnte. Aber Heil und Glück dem, wo es zuerst aufgeführt wird.[14] –

(P/O, Bd. 2, S. 313 f.)

14. Die Uraufführung fand am 14. April 1783 in Berlin statt, vgl. die Rezension S. 116 f.

V. Dokumente zur Wirkungsgeschichte

Johann Georg Hamann (1730–88) schreibt am 6. Mai 1779 an Johann Gottfried Herder:

»Vorige Woche habe ich die 10 ersten Bogen von Nathan gelesen und mich recht daran geweidet. Kant hat sie aus Berl. erhalten, der sie bloß als den 2 Theil der Juden beurtheilt und keinen Helden aus diesem Volk leiden kann. So göttlich streng ist unsere Philosophie in ihren Vorurtheilen bey aller ihrer Tolerantz und Unpartheylichkeit!«

(Hamann: Briefwechsel. 4. Bd. hrsg. von Arthur Henkel. Wiesbaden 1959. S. 77)

Aus der Rezension in der »Kaiserlich-privilegirten Hamburgischen Neuen Zeitung«, 18. Juni 1779:

»Also haben wir uns nicht übereilt, ›Nathan den Weisen‹ des hundertsten Lesers wegen anzuzeigen. Diesen können wir also versichern, daß ›Nathan‹, als Drama betrachtet, ganz Lessings und seines Ruhms würdig ist. Ebender weise Plan, diese Handlung, die mit jedem Schritte, den sie fortgeht, den Leser stärker an sich zieht, diese festen, wahren, interessanten Charaktere, völlig die Lessingen eigne Sprache und Dialog, mit allen seinem Witze und Spitzfündigkeiten auch wohl, durchgehends das Vollendete, – überhaupt alles, so wie man's in Lessings besten Schauspielen gewohnt ist. Das Drama ist in Hendekesyllaben, die uns fast ganz so natürlich zu fließen scheinen, als Lessings Prose immer tut, nur daß wir wegen der am Ende der Zeilen oft lang gebrauchten ›und‹, ›zu‹, ›ein‹ und dgl. einigen Zweifel haben.

Die Charaktere sind fast alle zusammen gut, jeder auf seine Art; den Patriarchen ausgenommen, der – vielleicht nicht auf seine Art – erzböse ist. [...] Von den Gesinnungen oder, so man will, Meinungen, derentwegen manche den ›Nathan‹ geschrieben zu sein glauben, wollen wir nichts sagen. Wie sie im Drama selbst vorkommen, sind sie jedem Charakter gemäß. Warum jeder Charakter nun so ist und nicht anders, wäre eine besondre Frage, die tun mag, wer mehr Beruf dazu hat. Soviel versteht sich ja von selbst, daß ein Drama, wäre es auch ein Lessingisches, nicht über ernste Wahrheiten zu entscheiden prätendieren kann. Für den mögte auch wohl jede solche Wahrheit immer unentschieden bleiben, der daher Entscheidung annähme. – Dem Gesagten zufolge wird man schon vermuten, daß ›Nathan‹ wohl nicht leicht auf die Bühne gebracht werden dürfte; das ist nun leider wohl hier der Fall. Aber hat denn Lessing auch kein Stück für unsre arme Bühne mehr?«

(Steinmetz, S. 109)

Aus der Rezension in dem »Kielischen Litteratur-Journal«, 1. Band, Altona 1780, S. 31–38:

»Ein dramatisches Gedicht von Lessing ein halbes Jahr, nachdem es erschienen ist, anzeigen, in der Meinung, es in Deutschland bekannter zu machen, hieße freilich wohl das richtige Gefühl der Nation, der er angehört, für die er schreibt, verkennen. Das Vaterland ist mit Recht stolz auf Lessing, den Denker und Dichter. [...]

›Nathan der Weise‹ ist leider auch wohl nicht für die Bühne bestimmt, wird wenigstens wohl nie darauf gebracht werden dürfen. Es herrscht durch das ganze Stück ein Ton, der der Offenbarung eben nicht günstig ist und daher doch wohl das Gefühl der meisten, wenn's vorgestellt würde, empören möchte. Zwar sprechen die Personen alle genau nach ihrem Charakter und Lage, aber, würde man nicht unwahrscheinlich denken, sollten diese Charaktere auch wohl darum erfunden und in die Lage gesetzt sein, damit sich dergleichen schicklich sagen ließe? Doch was in dieser Rücksicht von dem Werke zu sagen wäre, soll hier nicht gesagt werden.«

(Steinmetz, S. 110)

»Nathan der Weise« ist zuerst am 14. April 1783 in Berlin aufgeführt worden.

Rezension in der »Litteratur- und Theater-Zeitung«, Berlin, 3. Mai 1783:

Vom hiesigen deutschen Theater.

Die merkwürdigste Erscheinung auf unsrer Bühne in diesem Jahre ist bis jezt Nathan der Weise von Lessing gewesen.

Dieses dramatische Gedicht, über welches wir die schönen Briefe in den Jahrgängen von 1780 und 1781 dieser Zeitung nachzulesen bitten, wurde den 14. 15. und 16. April gegeben. Herr Döbbelin hatte keine Kosten gespart, dieses Meisterstück so würdig als möglich aufzuführen. Es waren neue Dekorationen und Kleider dazu verfertigt worden, und man konnte glauben, dieser Aufwand würde ihm tausendfach vergolten werden. Der erste Tag war dem Stücke günstig. Es herrschte eine feierliche Stille, man beklatschte jede rührende Situation, man munkelte allerseits von Göttlichkeiten, welche dieses Lehrgedicht belebten, man glaubte, unser Publikum werde das Haus stürmen, aber dies Publikum blieb bei der dritten Vorstellung Nathans beinahe ganz und gar zu Hause. Die Judenschaft, auf die man bei diesem Stücke sehr rechnen konnte, war, wie sie sich selbst verlauten ließ, zu bescheiden, eine Apologie anzuhören, die freilich nicht für die heutigen Juden geschrieben war, und so fanden sich nur sehr wenige, denen Nathan behagen wollte. Freilich hat das Stück wenig theatralisches – freilich ist's ein Miniaturgemälde, dessen Schönheiten in der Ferne ganz und gar verschwinden, aber man hätte Ferngläser mitnehmen, und sich so gut als möglich behelfen sollen, um für das Compliment, welches Herr Döbbelin dem Publikum damit machen wollte, nicht ganz unerkenntlich zu seyn. Hr. Döbbelin selbst war Nathan und gab ihn uns mit vieler Innigkeit; sein Spiel erinnerte uns noch immer an seine theatralische Verdienste, durch die er den Harlekin verbannt und reinere Vergnügungen uns schmecken gelehrt hatte. Die Rollen der Recha, der Daja, der Sitta, des Saladins, des Derwisches, des Tempelherrns des Klosterbruders und des Patriarchen, waren übrigens durch Mlle. Döbbelin, Madame Mecour, Madame Böheim, Herren Brückner, Langerhans, Böheim, Reinwald und Frischmuth besetzt.

(Braun, Bd. 2, S. 341)

Aus der Rezension in »Allgemeine deutsche Bibliothek«, Anhang zum 37. bis 52. Bande, 3. Abt., 3. Nachtr., S. 1713 bis 1725:

1. Nathan der Weise. Ein dramatisches Gedicht in fünf Aufzügen. Von G. E. Lessing. 1779. 276 Seiten in 8.

2. Zufällige altdeutsche und christliche Betrachtungen über Lessings Nathan. (Von B. L. Tralles. Breslau, bey Korn, 1779. gr. 8. I. Theil. 6½ Bog. II. Theil, 1 Alphabet.
3. Apologie, Lessings Nathan betreffend. Nebst Anhang über Vorurtheile und Toleranz. Herausgegeben von F. W. von Schüz, Leipzig, bey Kummer, 1781. 9 Bog. in 8.
4. Der Mönch vom Libanon. Ein Nachtrag zu Nathan der Weise (dem Weisen). Τοις λοιποις εν παραβολαις. Dessau, Buchhandlung der Gelehrten, 1782. 296 Seiten in 8.

1. Warum sollte sich der Recensent schämen, abzuschreiben? Engel[1] sagt in seiner Poetik (Anfangsgründe einer Theorie der Dichtungsarten. Erster Theil. Berlin, 1783. 8vo) Auf der letzten Seite: »Ein Werk ist um so dichterischer, je eine zusammengesetztere Form es hat. Die Darstellung macht pragmatische und didaktische Werke, welche dieselbe annehmen, unendlich lebhafter, als die blosse Erzählung oder Abhandlung; die unmittelbare Seelenschilderung ist eine weit wärmere Poesie, als die Beschreibung; die in Handlung verwebte, aus ihr hervorspringende, durch sie erhellte und beseelte Reihe von Wahrheiten hat, in Ansehung des dichterischen Werthes, vor dem gewöhnlichen einfachen Lehrgedichte, bey weitem den Vorzug. Und abermals hat ein anderes Lehrgedicht den Vorzug, in welchem die beschreibende in die lyrische Poesie, beyde in die pragmatische, und alle am Ende in die didaktische verschlungen sind. So ein Lehrgedicht ist Nathan der Weise von Lessing; ein Werk von dem es unbegreiflich wäre, wie man es als Schauspiel, was es nicht seyn soll, und nicht vielmehr als das, was es so sichtbar ist, als Lehrgedicht*, hätte betrachten können, wenn man nicht einmal gewisse eingeschränkte Begriffe von den Dichtungsarten festgesetzt hätte, auf welche man Alles zurückbringen, und es darnach zu richten gewohnt wäre. Die ganze Anlage und Gruppirung der Charaktere, die ganze Verwickelung, selbst die Liebesgeschichte zwischen dem Tempelherrn und Recha, die Auflösung, wo am Ende Deist, Jude, Mohamedaner, Christ, alle als Glieder einer Familie erscheinen; kurz, das ganze Werk in jedem seiner Theile zielet ganz sichtbar auf

* Der englische Übersetzer hat wenigstens den Titel so eingerichtet: Nathan de Wise, a *philosofical* Drame. London, by Fielding 1781. 8.
1. Johann Jakob Engel (1741–1802).

die großen Wahrheiten ab, die uns der Dichter lehren will, und überzeugt uns, daß sein Werk zur didaktischen Gattung gehöre. Freylich aber hat es ein unendlich größeres Interesse als die gewöhnlichen Werke von dieser Gattung; und dieses Interesse verdankt es gewiß, neben der Würde und Wichtigkeit der Wahrheiten selbst, auch besonders dem ungemeinen Reiz seiner Form. Durch diese so vortreffliche Form ist Nathan von Lessing vielleicht eben so das rührendste und erhabenste, wie das tiefste und Ideenreichste aller Lehrgedichte.« – Wir glauben, daß man dies nur zu sagen braucht, um die Wahrheit davon allgemein fühlen zu machen.

Natürlich wäre es itzt viel zu spät, alle Trefflichkeiten dieses Lehrgedichts nun erst dem Leser vorlegen zu wollen. Alle Menschen von Geschmack und Herz haben sie längst tief gefühlt und innig bewundert, bis auf einige Wenige, von denen wir nachher reden werden. [...]

Dazu sehe man die ganze so natürliche und so wahre, Anlage des Stücks in Absicht der Charaktere. Je reiner und vorurtheilfreier die Begriffe der Personen über Gott und Religion sind, desto bessere und edlere Menschen sind sie; je näher dem Vorurtheile und Aberglauben, desto schlechtere. Nathan und der Patriarch sind die beyden Extremen hierin; und alle folgten etwa so auf einander: Nathan, Saladin, Al Hafi, Sittah, der Tempelherr, Recha, der Klosterbruder, Daja und alle Mamlucken und Sklaven noch vor dem Patriarchen. Selbst, wo Saladin und der Tempelherr fehlerhaft erscheinen, ist es da, wo gemeine Vorurtheile in ihnen obsiegen. Denn wie könnten auch falsche Begriffe in so wichtigen Dingen keinen Einfluß auf die ganze Denkungsart des Menschen haben? [...]

2. Der gute Tralles tadelt, dem Titel seines Buchs gemäß, 1) die *Sprache* im Nathan. *Lessings Deutsch* von *Tralles* getadelt! Wer sollte es glauben? und doch ist es so! Zur Probe nur gleich den Anfang; (Th. I. S. 12.) pag. 3. stehet; »Recha wäre *bey einem Haare* mit verbrannt; anstatt: es wäre leicht geschehen, oder es fehlte nicht viel, daß sie mit verbrannt wäre. Zugleich stehet die ganz neue Lieblingsexclamation *Ha!* Pag. 9. *vorgespreizter* Mantel, anstatt vorgehaltener, vorgezogener, vorgespannter. Pag. 17. der gewiß übertriebene und überspannte Gedanke: *das überspannte Hirn mit Subtilitä-*

ten ganz zersprengen. Pag. 20. *Pah!* Eine ganz neue Exclamation; und pag. 140. noch eine andere *Hm!* die sich nicht einmal aussprechen lässet, wenn nicht ein Vocalis dazu kömmt.« – Die Gottschede, wie man sieht, sind noch nicht ganz unter uns ausgestorben. – – Alsdann glaubt er 2) *die christliche Religion* gegen Lessing in Schutz nehmen zu müssen. Als wenn L. irgend eine der positiven Religion[en] geradezu angegriffen hätte! Als wenn er behauptet hätte, kein Christ könne ein ehrlicher Mann seyn! Als wenn nicht sein braver Klosterbruder, den der Tempelherr lobt, und den Nathan einer wahren Hochachtung würdigt, ein Christ wäre! [...]
3. Indessen hat Herr von Schütz geglaubt, sie verdiene eine eigene Widerlegung. Die Sache ist zu leicht, als daß irgend ein Zuschauer mit Vergnügen dem Kampfe zusehen könnte. Auch wird dieser weder geschickt noch edel geführt. [...]
4. Ein anderer Gegner hat durch dieselbe Form gewinnen wollen. Fast verdiente er, daß man ihn gegen Lessing vergliche, weil er sich dem zur Seite stellt; aber eine solche strenge Gerechtigkeit wäre *Unbilligkeit.* – Seine Versification ist nicht unangenehm, sein Styl nicht schlecht, und sein Dialog im Ganzen munter. Sein Witz fällt nur zuweilen auf Wortspiele, als S. 13:

– – Hoffnung? Hoffnung?
Ein wunderlich vielzüngig Thier! fast wie
Ein Schmeichler! – Hoffnung, sagst du? – Ja Abdallah.
An Höfen Hoffnung, freylich! Schmeichler auch!
Hörsts, dächt' ich, ja am Wort, wo sie zu Hause ist
Die alte liederliche Dirn! –

Und S. 226.

– – Was Seiten, Seiten? Ha! –
Du mußt nun andre Saiten aufziehn, andre;
Verstehst du mich, Herr Nathan? andre Saiten!

Die ganze Anlage des Stücks zeigt nicht von viel Erfindungskraft. Saladin liegt auf dem Tod krank, und bekömmt Gewissenszweifel wegen Nathans Fabel von den Ringen; nichts kann ihn trösten als ein Traum, worin er erst Mohammed, dann Moses, dann Christus am Kreuz sieht, dessen Worte zu ihm: *Heute wirst du mit mir im Paradiese seyn*, ihm zwar Gewißheit seines Todes, aber auch himmlische Beruhigung geben. Ein christlicher Arzt kömmt und bekehrt Recha. Ein

Mameluck und ein Imam (zugleich Geistlicher und Arzt) spinnen eine Verrätherey gegen Saladins Leben an, die sie dem christlichen Arzt Schuld geben wollen, dessen Unschuld sich aber zuletzt entdeckt. Saladin stirbt. – Die Zeichnung der Charaktere ist dem Verfasser ziemlich mißglückt. Gleich aus der dritten Scene des Isten Akts sollte man schließen, daß Osmann ein wilder eigennütziger eines Königsmords fähiger Barbar sey, Abdallah hingegen ein kluger und vernünftiger Mann; aber jener ist hernach der Treue, und dieser der Giftmischer. Der zugleich dumme und tolle Imam ist eine für ein ernsthaftes Lehrgedicht zu verächtliche und läppische Person, und vorzüglich ohne moralische Bedeutung. Sollte er aber etwa ein Gegenstück gegen den schurkischen Patriarchen seyn; so hat der Verfasser leider sein Original nicht verstanden, und nicht gefühlt, daß Lessing wahr und anschauend lehren wollte, wie tief mißverstandene Begriffe einer positiven Religion den Menschen erniedrigen können; die Bösewichter hier aber handeln nicht aus einer Art von Fanatismus. Der Tempelherr, dessen brausenden Kopf wir sonst kannten, ist das sanftmüthigste Schaaf geworden, sagt zu allem Ja, erklärt sich aber eigentlich weder für noch gegen etwas, geht und kömmt, wie's der Verfasser haben will, ohne daß man weiß, warum. Recha zieht die Aufmerksamkeit noch etwas mehr an sich, weil sie eigentlich die einzige ist, die bekehrt wird, und zwar – welche Fiktion! – da sie zwischen dem dritten und vierten Aufzug die Evangelien gelesen hat, die sie sonst noch nicht kannte. Sittah, die feine, die kluge, ist geradezu eine Närrin unter den etwas plumpen Händen unsres Verf. geworden. [...]

Nathan, gegen den der hämische Seitenblick in der jetzt abgeschriebenen Stelle wohl den Leser einnehmen soll, ist sonst edel genug geblieben; nur seine Weisheit ist so ziemlich verloren gegangen. Er läßt sich gleich anfangs von dem Mamlucken auf die einfältigste Art vordociren, der ihm Zweifel gegen des Mönchs Ehrlichkeit in den Kopf setzen will, wozu Nathan solche kahle Gemeinsprüche sagt:

Man muß behutsam seyn, Abdallah; ganz
Scheint dein Verdacht nicht ohne Grund.

Völlig abgeschmackt aber ist, was er dem sterbenden Saladin vorsagt.

Saladin. --- Allein
Die Seele, Nathan?
Nathan. Immerhin! sey Licht,
Sey was du willst! So lange diese Nacht
Dies Licht umhüllt, so lang kein Ton, kein Strahl,
Kein Bild in deine Seele kömmt, das nicht
Durch Aug' und Ohr und Nerven geht; das nicht
Durch Saft und Fleisch und Bein, nach der Natur
Und Masse deiner irdschen Theile, zum
Gedanken nur für dich bereitet wird,
Der sonst für keine Menschenseele paßt;
So lang ist Trieb, Instinkt und Leidenschaft
Und Wahn und Fehler jedes Menschen Loos.
Was einem Wahrheit ist, das gilt dem andern
Für Irrthum.

[...] Dieser Aßad ist ein Christ geworden, und obendrein ein Mönch, ist aber zugleich ein geschickter Arzt, und kurirt alle Hülfsbedürftige, und bekehrt alle Ungläubige, – und ist der Mönch vom Libanon selbst, und entdeckt sich ganz am Ende seinem sterbenden Bruder.

Wir übergehen manche verfehlte Situation, manche müssige Scene, manchen wortreichen und sachenleeren Dialog: und eilen zur Hauptsache. – – Was soll uns nun dies Stück *hinter* dem Nathan (ein *Nachtrag*, heißt ja der Titel) lehren? Die Absicht des Verfassers *scheint* zu zeigen: daß unter allen positiven Religionen die christliche die beste und die wahrste ist. Sonderbar, daß er, was die Glaubenssachen betrifft, den Saladin für einen ächten Mohammedaner, Nathan und Recha für Juden, und den Tempelherrn für einen Christen annimmt; nach Lessings Zeichnung scheinen sie so ziemlich frey von allem was in einer Religion positiv ist, und nur das anzunehmen, was die reinste geläuterteste Vernunft von Gott lehrt. Dies verändert bey Saladins Zweifeln und Recha's Bekehrung gar merklich den Fall. Man weiß eigentlich nicht, wie man mit diesem Saladin daran ist; an Gott, Vorsehung, Unsterblichkeit der Seele zweifelt er doch nicht. Er wird hier als blutdürstiger Eroberer beschrieben, darum fürchtet er den Zorn des Richters; und gegen diese Furcht sichert ihn nur jener obbeschriebene Traum. Das kann doch wohl kein Beweis seyn sollen? Recha gewinnt den Stifter der

christlichen Religion lieb, da sie sein Leben liest, wie bey jedem fühlenden Herzen natürlich ist. Aber nun soll sie auch den Beweis aus den Wundern, und sogar aus den Märtyrern glauben, den der Mönch ihr vordemonstrirt!! – Nathan ist doch vom Verfasser selbst, jener anstößigen Reden oben ungeachtet, im Handeln als höchst edel und höchst fromm und gottergeben dargestellt worden. Die andern Unchristen taugen freylich nicht viel. Der Hauptheld ist der Mönch; allein seine gepriesene Tugend scheint uns so ziemlich mönchisch. [...]
Um auf unsere Frage zurückzukommen: was lernt man aus diesem seynsollenden Lehrgedichte? so läßt sich nichts anders antworten als: daß ein Sultan zuweilen an Gründen der Vernunft nicht genug hat, sondern auch Spiele der Einbildungskraft verlangt; und daß ein Christ sehr edel seyn kann (nur Schade, daß dieser hier zugleich mönchisch ist!)

Cz.*

(Braun, Bd. 3, S. 108–118)

Lessings langjähriger Freund Moses Mendelssohn (1729–86) schreibt in seinen »Morgenstunden oder Vorlesungen über das Daseyn Gottes«. Erster Theil. Berlin 1785, im Kap. XV ›Lessing. – Dessen Verdienst um die Religion der Vernunft. – Seine Gedanken vom geläuterten Pantheismus‹:

»Aber wie sehr veränderte sich die Scene, nach der Erscheinung des Nathan! Nunmehr drang die Kabale aus den Studierstuben und Buchläden in die Privathäuser seiner Freunde und Bekannten mit ein; flüsterte jedem ins Ohr: Lessing habe das *Christenthum* beschimpft, ob er gleich nur einige Christen und höchstens der *Christenheit* einige Vorwürfe zu machen gewagt hatte. Im Grunde gereicht sein Nathan, wie wir uns gestehen müssen, der Christenheit zur wahren Ehre. Auf welcher hohen Stufe der Aufklärung und Bildung muß ein Volk stehen, in welchem sich ein Mann zu dieser Höhe der Gesinnungen hinaufschwingen, zu dieser feinen Kenntniß göttlicher und menschlicher Dinge ausbilden

* Cz. = Johann Erich Biester [1749–1816], Königlicher Bibliothekar in Berlin.

konnte! [...] Sonderbar! Unter den abergläubigsten Franzosen hatte Candide für Voltaire bey weitem die schlimmen Folgen nicht, zog ihm diese Schmähschrift auf die Vorsehung bey weitem die Feindschaft nicht zu, die sich unter den aufgeklärtesten Deutschen Lessing durch die Vertheidigung derselben, durch seinen Nathan zugezogen.«

(S. 272–274)

Friedrich S c h i l l e r, der den »Nathan« für die Aufführung des Weimarischen Hoftheaters bearbeitet hat (s. Nationalausgabe Bd. 13, S. 163 ff.), bemerkt in seiner Abhandlung »Über naive und sentimentalische Dichtung« (1795):

»In der Tragödie muß daher die Gemüthsfreyheit künstlicherweise und als Experiment aufgehoben werden; weil sie in Herstellung derselben ihre poetische Kraft beweißt; in der Comödie hingegen muß verhütet werden, daß es niemals zu jener Aufhebung der Gemüthsfreyheit komme. Daher behandelt der Tragödiendichter seinen Gegenstand immer praktisch, der Comödiendichter den seinigen immer theoretisch; auch wenn jener (wie Lessing in seinem Nathan) die Grille hätte, einen theoretischen, dieser, einen praktischen Stoff zu bearbeiten. Nicht das Gebieth, aus welchem der Gegenstand genommen, sondern das Forum, vor welches der Dichter ihn bringt, macht denselben tragisch oder komisch. Der Tragiker muß sich vor dem ruhigen Raisonnement in Acht nehmen und immer das Herz interessiren; der Comiker muß sich vor dem Pathos hüten und immer den Verstand unterhalten. Jener zeigt also durch beständige Erregung, dieser durch beständige Abwehrung der Leidenschaft seine Kunst; und diese Kunst ist natürlich auf beyden Seiten um so grösser, je mehr der Gegenstand des Einen abstrakter Natur ist, und der des Andern sich zum pathetischen neigt*. Wenn also die Tragödie von einem wichtigern Punkt ausgeht, so muß man auf der andern Seite gestehen, daß die Comödie einem wichtigern Ziel entgegengeht, und sie würde, wenn sie es erreichte, alle Tragödie überflüssig und unmöglich machen. Ihr Ziel ist einerley mit dem höchsten, wornach der Mensch zu ringen hat, frey von Leidenschaft zu seyn, immer klar, immer ruhig um sich und in sich zu schauen, überall mehr Zufall als Schicksal zu finden, und mehr über Ungereimtheit zu lachen als über Bosheit zu zürnen oder zu weinen.

* Im Nathan dem Weisen ist dieses nicht geschehen, hier hat die frostige Natur des Stoffs das ganze Kunstwerk erkältet. Aber Lessing wußte selbst, daß er kein Trauerspiel schrieb, und vergaß nur, menschlicherweise, in seiner eigenen Angelegenheit die in der Dramaturgie aufgestellte Lehre, daß der Dichter nicht befugt sey, die tragische Form zu einem andern als tragischen Zweck anzuwenden. Ohne sehr wesentliche Veränderungen würde es kaum möglich gewesen seyn, dieses dramatische Gedicht in eine gute Tragödie umzuschaffen; aber mit bloß zufälligen Veränderungen möchte es eine gute Comödie abgegeben haben. Dem letztern Zweck nehmlich hätte das Pathetische dem erstern das Raisonnirende aufgeopfert werden müssen, und es ist wohl keine Frage, auf welchem von beyden die Schönheit dieses Gedichts am meisten beruht.«

(Schillers Werke. Nationalausgabe. Bd. 20. Hrsg. von Benno von Wiese. Weimar: Böhlau 1962. S. 445 f.)

Friedrich Schlegel (1772–1829) beeinflußt das Lessing-Bild der Romantik nachhaltig mit seiner Charakteristik »Über Lessing« im »Lyceum der schönen Künste. Ersten Bandes Zweiter Teil. Berlin 1797«:

»Wer den ›Nathan‹ recht versteht, kennt Lessing. [. . .]
Mehr besorgt um den Namen als um den Mann, und um die Registrierung der Werke als um den Geist, hat man die nicht minder komischen als didaktischen Fragen aufgeworfen: ob ›Nathan‹ wohl zur *didaktischen Dichtart* gehöre, oder zur *komischen*, oder zu welcher andern; und was er noch haben oder nicht haben müßte, um dies und jenes zu sein oder nicht zu sein. Dergleichen Problemata sind von ähnlichem Interesse, wie die lehrreiche Untersuchung, was wohl geschehen sein würde, wenn Alexander gegen die Römer Krieg geführt hätte. ›Nathan‹ ist, wie mich dünkt, ein *Lessingisches* Gedicht; es ist *Lessings Lessing*, das *Werk schlechthin* unter seinen Werken in dem vorhin bestimmten Sinne; es ist *die Fortsetzung vom Anti-Götze, Numero Zwölf*. Es ist unstrei-

tig das eigenste, eigensinnigste und sonderbarste unter allen Lessingischen Produkten. [...]
›In den Lehrbüchern‹, sagt Lessing [...], ›sondre man die Gattungen so genau ab, als möglich: aber wenn ein Genie *höherer Absichten* wegen, mehre derselben in einem und demselben Werke zusammenfließen läßt, so vergesse man das Lehrbuch, und untersuche bloß, ob es diese Absichten erreicht hat.‹ [...]
Können *Verse* ein Werk, welches einen so ganz unpoetischen Zweck hat, etwa zum Gedichte machen; und noch dazu *solche* Verse? – Man höre wie Lessing darüber spricht: ›Ich habe wirklich die Verse *nicht des Wohllauts wegen* gewählt‹ – (eine Bemerkung, auf die mancher vielleicht auch ohne diesen Wink hätte fallen können) – ›sondern weil ich glaubte, daß der orientalische Ton, den ich doch hie und da angeben müssen, in der Prose zu sehr auffallen würde. Auch erlaube, meinte ich, der Vers immer einen *Absprung* eher, wie ich ihn jetzt zu meiner *anderweitigen* Absicht *bei aller Gelegenheit ergreifen* muß.‹ [...]
Man kanns nicht offner und unzweideutiger sagen, wie es mit der *dramatischen Form* des ›Nathan‹ stehe, als es Lessing selbst gesagt hat. Mit liberaler Nachlässigkeit, wie Alhafis Kittel oder des Tempelherrn halb verbrannter Mantel, ist sie dem Geist und Wesen des Werks übergeworfen, und muß sich nach diesem biegen und schmiegen. Von einzelnen Inkonsequenzen und von der Subordination der Handlung, ihrer steigenden Entwicklung und ihres notwendigen Zusammenhanges, ja selbst der Charaktere ists unnötig viel zu sagen. Die Darstellung überhaupt ist weit hingeworfner, wie in ›Emilia Galotti‹. Daher treten die natürlichen Fehler der Lessingschen Dramen stärker hervor, und behaupten ihre alten schon verlornen Rechte wieder. Wenn die Charaktere auch lebendiger gezeichnet und wärmer koloriert sind, wie in irgend einem andern seiner Dramen: so haben sie dagegen mehr von der *Affektation* der *manierierten* Darstellung, welche in ›Minna von Barnhelm‹, wo die Charaktere zuerst anfangen, merklich zu *Lessingisieren*, Nachdruck und Manier zu bekommen, und eigentlich charakteristisch zu werden, am meisten herrscht, in ›Emilia Galotti‹ hingegen schon weggeschliffen ist. Selbst *Alhafi* ist *nicht ohne Prätension* dar-

gestellt; welche *ihm* freilich recht gut steht, denn ein Bettler muß Prätensionen haben, sonst ist er ein Lump, dem *Künstler* doch aber nicht nachgesehn werden kann. Und dann ist das Werk so auffallend *ungleich*, wie sonst kein Lessingsches Drama. Die dramatische Form ist nur *Vehikel*; und *Recha, Sitta, Daja*, sind wohl eigentlich nur *Staffelei*: denn wie *ungalant* Lessing dachte, das übersteigt alle Begriffe.
Der durchgängig *zynisierende* Ausdruck hat sehr wenig vom orientalischen Ton, ist wohl nur mit *die beste Prosa*, welche Lessing geschrieben hat, und fällt sehr oft aus dem Kostüm heroischer Personen. Ich tadle das gar nicht: ich sage nur, so ists; vielleicht ists ganz recht so. Nur wenn ›Nathan‹ *weiter nichts wäre, als ein großes dramatisches Kunstwerk*, so würde ich Verse wie den:

›Noch bin ich völlig auf dem trocknen nicht;‹

im Munde der Fürstin bei der edelsten Stimmung und im rührendsten Verhältnis schlechthin fehlerhaft, ja recht sehr lächerlich finden.
Die hohe philosophische Würde des Stücks hat Lessing selbst ungemein schön mit der theatralischen Effektlosigkeit oder Effektwidrigkeit desselben kontrastiert; mit dem seinem Ton eignen pikanten Gemisch von ruhiger inniger tiefer Begeisterung und naiver Kälte. [. . .]
Der eine Meister der Weltweisheit[2] meint, ›Nathan‹ sei ein Panegyrikus auf die Vorsehung, gleichsam eine dramatisierte Theodizee der Religionsgeschichte. Zu geschweigen, wie sehr es Lessings strengem Sinn für das rein Unendliche widerspricht, den Rechtsbegriff auf die Gottheit anzuwenden: so ist dies auch äußerst allgemein, unbestimmt und nichtssagend. Ein andrer Virtuose der Dialektik[3] hat dagegen gemeint: Die Absicht des ›Nathan‹ sei, den Geist aller Offenbarung verdächtig zu machen, und jedes System von Religion, ohne Unterschied, *als System*, in einem gehässigen Lichte darzustellen. Der Theismus, sobald er System, sobald er *förmlich* werde, sei davon nicht ausgeschlossen. – Allein auch diese Erklärung würde, wenn man sie aus ihrem polemischen Zusammenhang reißen und einen dogmatischen Ge-

2. Mendelssohn in seinen »Morgenstunden oder Vorlesungen über das Daseyn Gottes«.
3. Friedrich Heinrich Jacobi, vgl. auch Anm. 13 zu Kap. IV.

brauch davon machen wollte, den Fehler haben, daß sie das Werk, *welches eine Unendlichkeit umfaßt*, auf eine einzige allzubestimmte und am Ende ziemlich triviale Tendenz beschränken würde.
Man sollte überhaupt die Idee aufgeben, den ›Nathan‹ auf irgendeine Art von Einheit bringen, oder ihn in eine der vom Gesetz und Herkommen geheiligten Fakultäten des menschlichen Geistes einzäunen und einzunften zu können: denn bei der gewaltsamen Reduktion und Einverleibung möchte doch wohl immer mehr verloren gehn, als die ganze Einheit wert ist. Was hilfts auch, wenn sich auch alles, was ›Nathan‹ doch gar nicht bloß *beweisen*, sondern *lebendig* mitteilen soll, denn das Wichtigste und Beste darin reicht doch weit über das, was der trockne Beweis allein vermag, mit mathematischer Präzision in eine logische Formel zusammenfassen ließe? ›Nathan‹ würde seine Stelle nichts destoweniger auf dem *gemeinschaftlichen Raine der Poesie und Moral* [...] behalten, wo sich Lessing früh gefiel, und auf dem er schon in den ›Fabeln‹ spielte, die als *Vorübung zu Nathans Märchen von den drei Ringen*, welches vollendet hingeworfen, bis ins Mark entzückend trifft, immer wieder überrascht, und wohl so groß ist, als ein menschlicher Geist irgendetwas machen kann, Achtung verdienen und beinah *Studien* genannt zu werden verdienen, weil sie zwar nicht die Kunst, aber doch den Künstler weiter brachten, wenn auch weit über seine anfängliche Absicht und Einsicht. Es lebt und schwebt doch ein gewisses heiliges Etwas im ›Nathan‹, wogegen alle syllogistischen Figuren, wie alle Reguln der dramatischen Dichtkunst, eine wahre Lumperei sind. Ein philosophisches Resultat oder eine philosophische Tendenz machen ein Werk noch nicht zum Philosophem: ebensowenig wie dramatische Form und Erdichtung es zum Poem machen. Ist ›Ernst und Falk‹[4] nicht dramatischer wie manche der besten Szenen im ›Nathan‹? Und die ›Parabel‹[5] an Götze über die Wirkung der ›Fragmente‹ ist gewiß eine sehr genialische Erdichtung, deren Zweck und Geist aber

4. »Ernst und Falk, Gespräche für Freimaurer« (1778–80).
5. »Eine Parabel. Nebst einer kleinen Bitte und einem eventualen Absagungsschreiben an den Herrn Pastor Goeze, in Hamburg. 1778.«

dennoch so unpoetisch, oder wie man jetzt in Deutschland sagt, so unästhetisch wie möglich ist.
Muß ein Werk nicht die Unsterblichkeit verdienen oder vielmehr schon haben, welches von allen bewundert und geliebt, von jedem aber anders genommen und erklärt wird? Doch bleibts sehr wunderbar, oder wie mans nehmen will, auch ganz und gar nicht wunderbar, daß bei dieser großen Verschiedenheit von Ansichten, bei dieser Menge von mehr charakteristischen als charakterisierenden Urteilsübungen, noch niemand auf den Einfall oder auf die Bemerkung geraten ist, daß ›Nathan‹ beim Lichte betrachtet *zwei Hauptsachen* enthält, und also eigentlich aus *zwei Werken* zusammengewachsen ist. Das erste ist freilich *Polemik gegen alle illiberale Theologie*, und in dieser Beziehung nicht ohne manchen tieftreffenden Seitenstich auf den Christianismus, dem Lessing zwar weit mehr Gerechtigkeit widerfahren ließ, als alle Orthodoxen zusammengenommen, aber doch noch lange nicht genug: weil sich im Christianismus theologische Illiberalität, wie theologische Liberalität, alles Gute und alles Schlechte dieses Fachs am kräftigsten, mannichfachsten und feinsten ausgebildet hat; ferner Polemik gegen alle Unnatur, kindische Künstelei, und durch Mißbildung in sich oder in andern erzeugte Dummheit und alberne Schnörkel im Verhältnisse des Menschen zu Gott: das alles mußte Lessings geistreiche Natürlichkeit tief empören, und die Patriarchen hatten seinen Abscheu noch zu erhöhen, seinen Ekel zu reizen gewußt. Aber nicht einmal die Religionslehre im ›Nathan‹ ist rein skeptisch, polemisch, bloß negativ, wie *Jacobi* in der angeführten Stelle behaupten zu wollen scheinen könnte. Es wird im ›Nathan‹ eine, wenn auch nicht förmliche, doch ganz bestimmte Religionsart, die freilich voll Adel, Einfalt und Freiheit ist, als Ideal ganz entschieden und positiv aufgestellt; welches immer eine rhetorische Einseitigkeit bleibt, sobald es mit Ansprüchen auf Allgemeingültigkeit verbunden ist; und ich weiß nicht, ob man Lessing von dem Vorurteil einer objektiven und herrschenden Religion ganz freisprechen darf, und ob er den großen Satz seiner Philosophie des Christianismus, daß für jede Bildungsstufe der ganzen Menschheit eine eigene Religion gehöre,

auch auf Individuen angewandt und ausgedehnt, und die Notwendigkeit unendlich vieler Religionen eingesehen hat. Aber ist nicht noch etwas ganz anders im ›Nathan‹, auch etwas Philosophisches, von jener Religionslehre, an die man sich allein gehalten hat, aber noch ganz Verschiednes, was zwar stark damit zusammenhängt, aber doch auch wieder ganz weit davon liegt, und vollkommen für sich bestehn kann? Dahin zielen vielleicht so manche Dinge, die gar nicht bloß als zufällige Beilage und Umgebung erscheinen, dabei von der polemischen Veranlassung und Tendenz am entferntesten, und doch so gewaltig akzentuiert sind, wie der Derwisch, der so fest auftritt, und Nathans Geschichte vom Verlust der sieben Söhne und von Rechas Adoption, die jedem, der welche hat, in die Eingeweide greift. Was anders regt sich hier, als sittliche Begeisterung für die sittliche Kraft und die sittliche Einfalt der biedern Natur? Wie liebenswürdig und glänzend erscheint nicht selbst des *Klosterbruders* (der wenigstens mitunter aktiv und Mit-Hauptperson wird, dahingegen der *Tempelherr* so oft nur passiv, und bloß Sache ist) fromme Einfalt, deren rohes Gold sich mit den Schlacken des künstlichen Aberglaubens nicht vermischen kann? Was tuts dagegen, daß der gute Klosterbruder einigemal stark aus dem Charakter fällt? Es folgt daraus bloß, daß die *dramatische Form* für das, was ›Nathan‹ ist und sein soll, ihre sehr große Inkonvenienzen haben mag, obgleich sie Lessingen sehr natürlich, ja notwendig war. ›Nathan der Weise‹ ist nicht bloß die Fortsetzung des ›Anti-Götze‹ Numero Zwölf: er ist auch und ist ebenso sehr ein dramatisiertes *Elementarbuch des höheren Zynismus.* Der Ton des Ganzen, und *Alhafi*, das versteht sich von selbst; *Nathan* ist ein reicher Zyniker von Adel; Saladin nicht minder. Die Sultanschaft wäre keine tüchtige Einwendung: selbst Julius Cäsar war ja ein Veteran des Zynismus im großen Styl; und ist die Sultanschaft nicht eigentlich eine recht zynische Profession, wie die Möncherei, das Rittertum, gewissermaßen auch der Handel, und jedes Verhältnis, wo die künstelnde Unnatur ihren Gipfel erreicht, eben dadurch sich selbst überspringt, und den Weg zur Rückkehr nach unbedingter Natur-Freiheit wieder öffnet? Und ferner: Alhafis derber Lehrsatz:

der rechte Ring war nicht
Erweislich; — Fast so unerweislich, als
Uns itzt — der rechte Glaube.
3ter Act 7te Scene.

August Wilhelm Iffland als Nathan. Radierung von Henschel (1811) (Foto: Theater-Museum, München)

›Wer
Sich Knall und Fall ihm selbst zu leben, nicht
Entschließen kann, der lebet andrer Sklav
Auf immer;‹

und Nathans goldnes Wort:

›Der wahre Bettler ist
Doch einzig und allein der wahre König!‹ –

stehn sie etwa bloß da, wo sie stehn? Oder spricht nicht ihr Geist und Sinn überall im ganzen Werke zu jedem, der sie vernehmen will? Und sind dieses nicht die alten heiligen Grundfesten des selbständigen Lebens? Nämlich für den Weisen heilig und alt, für den Pöbel an Gesinnung und Denkart aber ewig neu und töricht.

So *paradox endigte* Lessing auch in der Poesie, wie überall! Das erreichte Ziel erklärt und rechtfertigt die ekzentrische Laufbahn; ›Nathan der Weise‹ ist die beste *Apologie* der gesamten *Lessingschen Poesie*, die ohne ihn doch nur eine *falsche Tendenz* scheinen müßte, wo die angewandte Effektpoesie der rhetorischen Bühnendramas mit der reinen Poesie dramatischer Kunstwerke ungeschickt verwirrt, und dadurch das Fortkommen bis zur Unmöglichkeit unnütz erschwert sei.

Ganz klein und leise fing Lessing wie überall so auch in der Poesie an, wuchs dann gleich einer Lawine; erst unscheinbar, zuletzt aber *gigantisch.*

(Kritische Friedrich-Schlegel-Ausgabe. Bd. 2, 1 hrsg. von Hans Eichner. Paderborn: Schöningh 1967. S. 118–125)

Erst die Weimarer Aufführung des »Nathan« in der Bearbeitung Schillers sicherte dem ›dramatischen Gedicht‹ einen Platz im deutschen Theaterrepertoire. S c h i l l e r scheint auch während der Bearbeitung Bedenken gegen das Stück gehabt zu haben, wie eine Bemerkung auf einem undatierten Blatt vermuten läßt:

»Leßing hat im Saladin gar keinen Sultan geschildert, und doch ist die Intention Saladins mit Nathan, wie er ihm die Frage wegen der drey Religionen vorlegt, ganz sultanisch. Deßwegen erscheint uns dieses Motiv plump ja ganz unpaßend; es gehört einem andern Saladin zu als wie wir ihn im Stück sehen. Der Dichter hat nicht verstanden, jene derbe Farbe zu vertreiben, und die Handlungsweise des historischen Saladins mit dem Saladin seines Stücks zu vereinbaren. Daß Saladin bloß aus Eingebung der Sittah handelt ist bloß ein Behelf, der die Sache um nichts beßer macht.«

(Nationalausgabe. Bd. 21. S. 91)

Johann Wolfgang Goethe berichtet im »Weimarischen Hoftheater« (1802) über die seit dem 28. November 1801 wiederholt gegebene Bearbeitung:

»Nachdem man durch die Aufführung der ›Brüder‹[6] endlich die Erfahrung gemacht hatte, daß das Publikum sich an einer derben, charakteristischen, sinnlich-künstlichen Darstellung erfreuen könne, wählte man den vollkommensten Gegensatz, indem man ›Nathan den Weisen‹ aufführte. In diesem Stücke, wo der Verstand fast allein spricht, war eine klare, auseinandersetzende Rezitation die vorzüglichste Obliegenheit der Schauspieler, welche denn auch meist glücklich erfüllt wurde.

Was das Stück durch Abkürzung allenfalls gelitten hat, ward nun durch eine gedrängtere Darstellung ersetzt, und man wird für die Folge sorgen, es poetisch so viel möglich zu restaurieren und zu runden. Nicht weniger werden die Schauspieler sich alle Mühe geben, was an Ausarbeitung ihrer Rollen noch fehlte, nachzubringen, so daß das Stück jährlich mit Zufriedenheit des Publikums wieder erscheinen könne.

Lessing sagte in sittlich-religiöser Hinsicht, daß er diejenige Stadt glücklich preise, in welcher ›Nathan‹ zuerst gegeben werde; wir aber können in dramatischer Rücksicht sagen, daß wir unserm Theater Glück wünschen, wenn ein solches Stück darauf bleiben und öfters wiederholt werden kann.«

(Goethes Sämtliche Werke. Jubiläumsausgabe. Stuttgart u. Berlin 1902–07. Bd. 36. S. 190)

Goethes positive Beurteilung des »Nathan« läßt auch die Bemerkung in »Dichtung und Wahrheit«, 7. Buch (1812) erkennen:

6. »Die Brüder« von Terenz in der freien, metrischen Übersetzung von Friedrich Hildebrand von Einsiedel (1750–1828).

»[Lessing] wurde nach und nach ganz epigrammatisch in seinen Gedichten, knapp in der ›Minna‹, lakonisch in ›Emilia Galotti‹, später kehrte er erst zu einer heiteren Naivetät zurück, die ihn so wohl kleidet im ›Nathan‹.«

(Jubiläumsausgabe. Bd. 23. S. 66)

August Wilhelm Schlegel (1767–1845) urteilt in seinen »Vorlesungen über dramatische Kunst und Literatur« (1809):

»Es ist sonderbar, daß unter allen dramatischen Werken Lessings das letzte, ›Nathan der Weise‹, welches er bloß schrieb, wie er sagt, um den Theologen einen Possen zu spielen, als sein Eifer, sich mit der Aufnahme des deutschen Theaters zu beschäftigen, schon ziemlich erkaltet war, den ächten Kunstregeln am meisten gemäß ist. [...] Die Form ist freier und umfassender als in den übrigen Stücken Lessings, sie ist beinahe die eines Shakespeareschen Schauspiels. Er ist hier zum Gebrauch der vorhin verworfnen Versifikation zurückgekehrt; zwar nicht der Alexandriner, deren Abschaffung im ernsten Drama wir ihm auf alle Weise zu danken haben, sondern der reimlosen Jamben. Sie sind im ›Nathan‹ oft hart und nachlässig gearbeitet, aber wahrhaft dialogisch, und ihr vorteilhafter Eindruck ist leicht zu spüren, wenn man den Ton des Stückes mit der Prosa seiner vorhergehenden vergleicht. Hätte die Entwicklung der Wahrheiten, welche Lessingen besonders am Herzen lagen, nicht zu viel Ruhe erfodert, wäre eine etwas raschere Bewegung in der Handlung, so wäre das Stück auch recht sehr dazu eingerichtet, auf der Bühne zu gefallen.«

(Schlegel: Vorlesungen über dramatische Kunst und Literatur. Kritische Ausgabe. Hrsg. von G. Amoretti. Bonn u. Leipzig 1923. Bd. 2, 15. Vorlesung, S. 292 f.)

Germaine de Staël (1766–1817) beschreibt in ihrem einflußreichen Buch »Über Deutschland« (1813) oberflächlich die Handlung und die Charaktere des »Nathan« und urteilt:

»Das schönste Werk Lessings ist ›Nathan der Weise‹. In keinem Stück kann man die religiöse Toleranz mit mehr Natürlichkeit und Erhabenheit dargestellt sehen. [...]

Das philosophische Ziel, dem das ganze Stück zustrebt, vermindert auf der Bühne das Interesse an dem Drama, denn es ist fast unmöglich, daß nicht eine gewisse Kälte in einem Stück herrsche, dessen Zweck die Entwicklung einer allgemeinen Idee ist, so schön diese auch sein möge: das ähnelt mehr einer Lehrfabel, und man möchte fast sagen, daß die Personen nicht um ihretwillen, sondern zur Beförderung der Aufklärung da seien. Ohne Zweifel existiert keine Fiktion, ja, nicht einmal eine wirkliche Begebenheit, aus der man nicht einen Gedanken ziehen könnte, aber die Begebenheit muß die Reflexion herbeiführen und nicht die Reflexion die Erfindung der Begebenheit eingeben: in den schönen Künsten muß immer die Einbildungskraft an erster Stelle tätig sein.«

(de Staël: Über Deutschland. Nach der Übersetzung von Robert Habs hrsg. und eingeleitet von Sigrid Metken. Stuttgart 1962. Reclams UB Nr. 1751-55. S. 207 u. 209)

Ludwig Tieck (1773–1853) meint in seinen »Bemerkungen, Einfälle und Grillen über das Deutsche Theater« (1826):

»Der ›Nathan‹ ist jetzt in manchen Städten aus höhern Rücksichten wieder vom Theater verschwunden. Für das Theater kein großer Verlust, so ehrwürdig, groß und eigentümlich sich auch in diesem Werke der edle Geist Lessings offenbart.«

(Steinmetz, S. 256)

Heinrich Heine (1797–1856) handelt auf seine Art Lessings Religionsphilosophie im Zweiten Buch »Zur Geschichte der Religion und Philosophie in Deutschland« (deutsche Erstausgabe 1835) ab und erwähnt zum »Nathan«:

»[Seine Dramen] jedoch, wie alle seine Schriften, haben eine soziale Bedeutung, und ›Nathan der Weise‹ ist im Grunde nicht bloß eine gute Komödie, sondern auch eine philosophisch theologische Abhandlung zu Gunsten des reinen Deismus. Die Kunst war für Lessing ebenfalls eine Tribüne, und wenn man ihn von der Kanzel oder vom Katheder herabstieß, dann sprang er aufs Theater, und sprach dort noch viel deutlicher, und gewann ein noch zahlreicheres Publikum.«

(Heines Sämtliche Werke. Bd. 7 hrsg. von Oskar Walzel. Leipzig 1910. S. 289 f.)

Georg Gottfried Gervinus (1805–71), der große Historiker der deutschen Literatur im 19. Jahrhundert, setzt sich in seiner »Geschichte der poetischen National-Literatur der Deutschen« (erste Auflage 1835) über die Zurückhaltung seiner Zunft hinweg und ruft aus:

»Und o der Ängstlichen, die sich aus Furcht vor Übernahme unbekannter Schulden weigern wollen, dies Vermächtniß Lessing's anzunehmen! Und doch! Ist nicht dieses Legat im Nathan der Nation schon zugeflossen? haben nicht schon Tausende an diesem Schatze Theil gehabt, an dem noch tausendmal Tausende theilen können? Schade was um die schlechten Verse oder um die freie Form. Auch so ist das Buch neben Goethe's Faust das eigenthümlichste und deutscheste, was unsere neuere Poesie geschaffen hat.«

(Bd. IV, 5. Aufl., hrsg. von Karl Bartsch, 1873, S. 459)

Wolfgang Menzel (1798–1873), ein Literaturkritiker des Jungen Deutschland, schreibt in der 2. Auflage der »Deutschen Literatur« (1836):

»Lessings ›Nathan‹ bildet seinem Inhalt nach den Lichtpunkt der im achtzehnten Jahrhundert herrschend gewordenen Humanität. Die Mißachtung, die sein jüdischer Freund, der liebenswürdige Mendelssohn, noch zuweilen erfuhr, veranlaßte ihn zu diesem Meisterwerk, in welchem der tiefste Verstand mit der edelsten Gesinnung gepaart ist. Dieses unsterbliche Gedicht der mildesten, ja ich möchte sagen, süßesten Weisheit ist zugleich durch seine Form für die deutsche Literatur von hoher Wichtigkeit, denn es ist der Vater der unzähligen Jambentragödien, die nach Lessing zuerst von Schiller und Goethe zur Mode erhoben wurden.
Doch hat kein Dichter den ersten Zauber des deutschen Jambus wieder erreicht, wie er in Lessings ›Nathan‹ hold

überredend, innig wunderbar das Gemüt ergreift. Goethe bildete nur den Wohlklang und äußern Glanz, Schiller nur die hinreißende Kraft dieses Verses aus, und beide entfernten sich, so wie ihre unzähligen Nachahmer, von der liebenswürdigen Natürlichkeit und anspruchslosen Einfachheit der Lessingischen Behandlung. Der dramatische Jambus ist zu lyrisch geworden, er war bei Lessing noch der Prosa näher und viel dramatischer.«

(Steinmetz, S. 280 f.)

Friedrich Theodor Vischer (1807–87) führt in seiner »Ästhetik oder Wissenschaft vom Schönen« (1857) aus:

»Das im engeren Sinne sogenannte Schauspiel, das bürgerliche Rührstück, bedurfte den glücklichen Schluß, nachdem es seinen Standpunct in einer trivialen Ansicht von der göttlichen Gerechtigkeit genommen hatte, als wäre sie juristische Belohnung und Bestrafung. Sie kannte keine wirkliche, nothwendige Conflicte, dieß und die in's Kleine malende Art des charakteristischen Styls war eigentlich komödisch und es ist nur Schade, daß so viel Gutes, wie es sich in jener Literatur findet, nicht im Zusammenhange von Komödien steht. In seinem Nathan vergißt Lessing, welchen schweren Conflict zwischen dem Fanatismus des Christenthums und der reinen Humanität er angelegt hat, und schließt die Handlung schlecht im Sinne des bürgerlichen Familienstücks. Der Patriarch mußte zum Äußersten schreiten, der Templer in einem spannenden Momente furchtbarer Gefahr als Retter Nathan's auftreten und dadurch seine Erhebung aus dem Dunkel des Vorurtheils vollenden; dann möchte dieses Drama immer glücklich schließen, nur nicht mit einer Erkennung, worin Liebende zu Geschwistern werden müssen. Es ist hier vor Allem der freie, klare, harmonische Charakter des Nathan, der ein positives Ende fordert.«

(3. Theil, 2. Abschnitt. Stuttgart 1857. S. 1429)

David Friedrich Strauß (1808–74), einer der bedeutendsten und der umstrittenste Theologe des 19. Jahrhunderts (sein Hauptwerk: »Das Leben Jesu, kritisch bearbeitet«, Tübingen 1835), nimmt in seinem Vortrag »Lessings Nathan der Weise« (1861) auf Vischer Bezug und führt aus:

»Doch ebendiese ideelle, gedankenhafte Haltung des Schauspiels hat man getadelt, hat mehr Handlung und Kampf darin gewünscht. [...] Dieser Tadel hat viel Einleuchtendes, ja er ist, den ›Nathan‹ nur als Drama schlechtweg betrachtet, nicht zu widerlegen. Drastischer, erschütternder wäre das Stück sicher geworden, hätte der Dichter die Kräfte, die er darin in Bewegung setzt, ganz entfesselt in ihrer vollen Macht aufeinander stoßen und eine an der andern zerbrechen lassen, als so, wo es vom Vorsatz zur wirklichen Tat gar nicht kommt, das Feuer schon als Funke wieder erstickt wird. Allein durch eine solche Änderung wäre, selbst bei glücklichem Ausgang, der ganze Charakter, die ganze Grundstimmung des Lessingschen Stücks alteriert worden. Diese Grundstimmung ist die Selbst- und Siegesgewißheit der Vernunft, das heitere Licht, das jede Wolke in sich verzehrt, keine sich zum verderblichen Gewitter zusammenballen läßt. In dieser Stimmung erscheinen Wahn und Finsternis schon zum voraus als besiegt [...]. Den Kampf, können wir sagen, hatte Lessing in seinen Streitschriften wider Goeze vorweggenommen: im ›Nathan‹, der zu diesem Kampfe das Nachspiel bildet, wollte er nur noch die Versöhnung geben, gleichsam den Triumphgesang der Vernunft über den Wahn, des Lichtes über die Finsternis anstimmen. Dabei mußte natürlich, wie der Streit ein Streit um Gedanken gewesen war, so auch in dem versöhnenden Schauspiel der Gedanke überwiegen, konnte die Handlung überhaupt nur so weit zur Entfaltung kommen, als es zur Unterlage des idealen Elementes nötig war. In diesem ›dramatischen Gedicht‹, wie er den ›Nathan‹, seiner freieren Form wegen, im Unterschied von der strenger geschlossenen des eigentlichen Drama nannte, – in diesem dramatischen Gedicht wollte Lessing nicht bloß, wie im eigentlichen Drama geschieht, durch Mitleid und Furcht unsere Leidenschaften, sondern zugleich durch ausdrückliche Belehrung unsere Vorstellungen reinigen: der ›Nathan‹ ist, mit *einem* Wort, ein didaktisches Drama.«

(Steinmetz, S. 365 f.)

Eugen Dühring (1833–1921), materialistischer Philosoph und Nationalökonom, fand viele Anhänger für seine

Weltanschauung, deren haßerfüllter Kampf sich gegen das Christentum und besonders gegen die jüdische Bevölkerung richtete. In seinem Buch »Die Judenfrage als Frage der Racenschädlichkeit für Existenz, Sitte und Cultus der Völker« (Berlin ^{4}1892) führt er aus:

»Die jüdischen Zeitungsschreiber haben den Verfasser jenes platten Judenstücks, welches sich ›Nathan der Weise‹ betitelt, über die größten Schriftsteller und Dichter erhoben und ihn beispielsweise für den größten Deutschen erklärt, gegen den etwas zu sagen ein Majestätsverbrechen sei. [...] In der Form und im Äußeren der Schriftstellerei ist hienach Lessing überall judengemäß. Dies deutet schon auf den innersten Kern, und dieser findet sich denn auch der jüdischen Schale ganz entsprechend. Die Reklame hat sich dazu verstiegen, den Verfasser der ›Emilia Galotti‹ und des ›Nathan‹ noch gar zu einem wirklichen Dichter zu machen, während es doch sonst auch bei den Lobpreisern feststand, daß die Lessingschen Stücke kalt lassen. Zu Trauerspielen gebrach es Lessing auch völlig an Leidenschaft oder, besser gesagt, an Gemütskraft. Aber auch in der platten und matten Gattung des gleichgültigen Schauspiels, wie im ›Nathan‹, blieb er, ganz abgesehen von der judenverherrlichenden Tendenz, lau und flau.«

(Steinmetz, S. 390 f.)

Franz Mehring (1846–1919), marxistischer Publizist und Literaturkritiker, setzt sich in seinem Buch »Die Lessing-Legende« (1893) mit den positivistischen Biographen Lessings Adolf Stahr und Erich Schmidt auseinander. Zum »Nathan« schreibt er unter anderem:

»Lessingisch durch und durch, ein bleibendes Besitzthum unserer Literatur, ein kostbares Gefäß, in das die letzte, prächtig verströmende Kraft eines Heldengeistes floß, trägt Nathan doch die Spuren des Alters wie der Polemik. [...] Aber die gänzlich unhistorischen Voraussetzungen des Stükkes, und die fast ifflandische Gemüthlichkeit, womit sich Jude, Sultan und Tempelherr über Toleranz unterhalten, haben dem Nathan das schlimmste Schicksal bereitet, das einem Werke von Lessing zustoßen kann; er ist zum Banner

desselben breitmäuligen und schwatzschweifigen Aufklärichts geworden, gegen den Lessing gerade sein gutes Schwert gezogen hatte.
Immerhin muß man sich hüten, den Werth dieses dramatischen Gedichts nach seiner heutigen Gefolgschaft abzuschätzen. [...]
Kein Mensch, auch der klügste nicht, kann über den Gedankenkreis seiner Zeit hinaus; was wir auf dem heutigen Standpunkt der wissenschaftlichen Erkenntniß wissen, daß sich nämlich in den historischen Religionen immer nur die ökonomischen Entwicklungskämpfe der Menschheit wiederspiegeln, das konnte Lessing höchstens, wie ein Satz in seinen Freimaurergesprächen zeigt, ganz von fern ahnen. Vom bürgerlich-ideologischen Standpunkte aus sah Lessing in dem Hader der Religionen nicht die Wirkung, sondern die Ursache der sozialen Kämpfe [...]. Aber je weniger Lessing nach dem Erkenntnißvermögen seiner Zeit auf den tiefsten Grund der Dinge blicken konnte, um so bewundernswerther ist die geistige Klarheit, womit er praktisch den Standpunkt vertrat, über den die Besten unserer Zeit nicht hinausgekommen sind und auch gar nicht hinauskommen wollen, auf den die halben Aufklärer unserer Tage so wenig gelangen können, wie ihre Vorfahren vor hundert Jahren: den Standpunkt, daß der religiöse Glaube die private Sache jedes einzelnen Menschen sei, um derentwillen er schlechterdings nicht behelligt werden dürfe, aber daß eben deshalb auch alle Religion, die sich zum Kappzaum der wissenschaftlichen Forschung oder zur Waffe der sozialen Unterdrückung mache, rücksichtslos bekämpft werden müsse, sie sei welche sie wolle. [...]
Nichts thörichter daher, als im Nathan eine Verunglimpfung des Christenthums oder gar eine Verherrlichung des Judenthums zu suchen. Es ist ein schnöder Verrath an Lessing, wenn der philosemitische Kapitalismus sich unter dem Banner des Nathan zu scharen versucht.«

(Mehring: Die Lessing-Legende. Stuttgart 1893. S. 399–402)

Wilhelm Dilthey (1833–1911) schreibt in seinem Buch »Das Erlebnis und die Dichtung« (1907) im Lessing-Kapitel:

Ernst Deutsch als Nathan, Schiller-Theater Berlin, 1955
(Foto: Ruth Wilhelmi, Berlin)

»Ganz und voll hat uns Lessing sein Ideal nur in der künstlerischen Form des ›Nathan‹ zurückgelassen, in diesem unvergänglichen Gedicht, das wohl wie ›Iphigenien‹ kein ernster Erforscher der menschlichen Natur lesen kann, ohne daß sein Auge feucht wird: so leibhaftig, so wahr erscheint da eine reine Seelengröße, welche uns von der menschlichen Natur über alle unsere Erfahrung hinaus höher denken lehrt.«

(Steinmetz, S. 423)

Thomas Mann (1875–1955) urteilt in seiner »Rede über Lessing« (1929):

»Schreibt der Typ [des männlichen, kritischen Schriftstellers] eines Tages Verse, so werden es rechte Unverse sein, wie die des ›Nathan‹: gesprochene und nicht gesungene Verse, die zwar einen Tonfall haben und einen äußerst reizvollen, aber kein Melos, keinen Schmelz, so prosaische Verse in der Tat, daß Friedrich Schlegel von ihrem ›zynisierenden Ausdruck‹ sprechen konnte, aber Verse dabei von einer so goldenen Gescheitheit und Güte, daß jedem, der sich nicht vorgesetzt hat, das alles undichterisch zu finden, das Herz dabei aufgeht. Sonderbar, welche Wirkungen soviel trockene Verständigkeit doch immerhin zeitigen konnte. Goethe war ›ordentlich prosterniert‹.«

(Mann: Gesammelte Werke in zwölf Bänden. Bd. 9. Frankfurt a. M.: S. Fischer 1960. S. 237)

VI. Texte zur Diskussion

Immanuel Kant (1724–1804), »Beantwortung der Frage: Was ist Aufklärung?«[1] (1784):

»*Aufklärung ist der Ausgang des Menschen aus seiner selbstverschuldeten Unmündigkeit. Unmündigkeit* ist das Unvermögen, sich seines Verstandes ohne Leitung eines anderen zu bedienen. *Selbstverschuldet* ist diese Unmündigkeit, wenn die Ursache derselben nicht am Mangel des Verstandes, sondern der Entschließung und des Mutes liegt, sich seiner ohne Leitung eines andern zu bedienen. Sapere aude![2] Habe Mut, dich deines *eigenen* Verstandes zu bedienen! ist also der Wahlspruch der Aufklärung.

Faulheit und Feigheit sind die Ursachen, warum ein so großer Teil der Menschen, nachdem sie die Natur längst von fremder Leitung freigesprochen (naturaliter maiorennes), dennoch gerne zeitlebens unmündig bleiben; und warum es anderen so leicht wird, sich zu deren Vormündern aufzuwerfen. Es ist so bequem, unmündig zu sein. Habe ich ein Buch, das für mich Verstand hat, einen Seelsorger, der für mich Gewissen hat, einen Arzt, der für mich die Diät beurteilt usw., so brauche ich mich ja nicht selbst zu bemühen. Ich habe nicht nötig zu denken, wenn ich nur bezahlen kann; andere werden das verdrießliche Geschäft schon für mich übernehmen. Daß der bei weitem größte Teil der Menschen (darunter das ganze schöne Geschlecht) den Schritt zur Mündigkeit, außer dem daß er beschwerlich ist, auch für sehr gefährlich halte, dafür sorgen schon jene Vormünder, die die

1. Kants Aufsatz, der im Dezember 1784 in der »Berlinischen Monatsschrift« erschien, bezieht sich auf die von Johann Friedrich Zöllner in einer Abhandlung über den Sinn der kirchlichen Eheschließung gestellte Frage: »Was ist Aufklärung? Diese Frage, die beinahe so wichtig ist, als: was ist Wahrheit, sollte doch wohl beantwortet werden, ehe man aufzuklären anfinge! Und noch habe ich sie nirgends beantwortet gefunden!« (Berlinische Monatsschrift, November 1783, S. 516). Vor Kant, doch ohne dessen Kenntnis, bot Moses Mendelssohn eine Antwort an: »Über die Frage: was heißt aufklären?« (Berlinische Monatsschrift, September 1784, S. 193–200; Neudrucke in: I. Kant, »Was ist Aufklärung? Aufsätze zur Geschichte und Philosophie«. Hrsg. u. eingeleitet von Jürgen Zehbe. Göttingen 1967. S. 55–61 u. 129–132).

2. Horaz, Epist. I,2,40 (Wage es, weise zu sein).

Oberaufsicht über sie gütigst auf sich genommen haben. Nachdem sie ihr Hausvieh zuerst dumm gemacht haben und sorgfältig verhüteten, daß diese ruhigen Geschöpfe ja keinen Schritt außer dem Gängelwagen, darin sie sie einsperreten, wagen durften: so zeigen sie ihnen nachher die Gefahr, die ihnen drohet, wenn sie es versuchen, allein zu gehen. Nun ist diese Gefahr zwar eben so groß nicht, denn sie würden durch einigemal Fallen wohl endlich gehen lernen; allein ein Beispiel von der Art macht doch schüchtern und schreckt gemeiniglich von allen ferneren Versuchen ab.

Es ist also für jeden einzelnen Menschen schwer, sich aus der ihm beinahe zur Natur gewordenen Unmündigkeit herauszuarbeiten. Er hat sie sogar liebgewonnen und ist vorderhand wirklich unfähig, sich seines eigenen Verstandes zu bedienen, weil man ihn niemals den Versuch davon machen ließ. Satzungen und Formeln, diese mechanischen Werkzeuge eines vernünftigen Gebrauchs oder vielmehr Mißbrauchs seiner Naturgaben, sind die Fußschellen einer immerwährenden Unmündigkeit. Wer sie auch abwürfe, würde dennoch auch über den schmalesten Graben einen nur unsicheren Sprung tun, weil er zu dergleichen freier Bewegung nicht gewöhnt ist. Daher gibt es nur wenige, denen es gelungen ist, durch eigene Bearbeitung ihres Geistes sich aus der Unmündigkeit herauszuwickeln und dennoch einen sicheren Gang zu tun.

Daß aber ein Publikum sich selbst aufkläre, ist eher möglich; ja es ist, wenn man ihm nur Freiheit läßt, beinahe unausbleiblich. Denn da werden sich immer einige Selbstdenkende, sogar unter den eingesetzten Vormündern des großen Haufens finden, welche, nachdem sie das Joch der Unmündigkeit selbst abgeworfen haben, den Geist einer vernünftigen Schätzung des eigenen Werts und des Berufs jedes Menschen, selbst zu denken, um sich verbreiten werden. Besonders ist hiebei: daß das Publikum, welches zuvor von ihnen unter dieses Joch gebracht worden, sie hernach selbst zwingt, darunter zu bleiben, wenn es von einigen seiner Vormünder, die selbst aller Aufklärung unfähig sind, dazu aufgewiegelt worden; so schädlich ist es, Vorurteile zu pflanzen, weil sie sich zuletzt an denen selbst rächen, die oder deren Vorgänger ihre Urheber gewesen sind. Daher kann ein Publikum nur langsam zur Aufklärung gelangen. Durch eine Revolution wird vielleicht wohl ein Abfall von persönlichem Despotism und gewinnsüchtiger oder herrschsüchtiger Bedrükkung, aber niemals wahre Reform der Denkungsart zustande kommen; sondern neue Vorurteile werden, ebensowohl als die alten, zum Leitbande des gedankenlosen großen Haufens dienen.

Zu dieser Aufklärung aber wird nichts erfordert als *Freiheit*; und zwar die unschädlichste unter allem, was nur Freiheit heißen mag, nämlich die: von seiner Vernunft in allen Stükken *öffentlichen Gebrauch* zu machen. Nun höre ich aber von allen Seiten rufen: *Räsonniert nicht!* Der Offizier sagt: Räsonniert nicht, sondern exerziert! Der Finanzrat: Räsonniert nicht, sondern bezahlt! Der Geistliche: Räsonniert nicht, sondern glaubt! (Nur ein einziger Herr[3] in der Welt sagt: *Räsonniert,* soviel ihr wollt und worüber ihr wollt, *aber gehorcht!*) Hier ist überall Einschränkung der Freiheit. Welche Einschränkung aber ist der Aufklärung hinderlich, welche nicht, sondern ihr wohl gar beförderlich? – Ich antworte: Der *öffentliche* Gebrauch seiner Vernunft muß jederzeit frei sein, und der allein kann Aufklärung unter Menschen zustande bringen; der *Privatgebrauch* derselben aber darf öfters sehr enge eingeschränkt sein, ohne doch darum den Fortschritt der Aufklärung sonderlich zu hindern. Ich verstehe aber unter dem öffentlichen Gebrauche seiner eigenen Vernunft denjenigen, den jemand als *Gelehrter* von ihr vor dem ganzen Publikum der *Leserwelt* macht. Den Privatgebrauch nenne ich denjenigen, den er in einem gewissen ihm anvertrauten *bürgerlichen Posten* oder Amte von seiner Vernunft machen darf. Nun ist zu manchen Geschäften, die in das Interesse des gemeinen Wesens laufen, ein gewisser Mechanism notwendig, vermittelst dessen einige Glieder des gemeinen Wesens sich bloß passiv verhalten müssen, um durch eine künstliche Einhelligkeit von der Regierung zu öffentlichen Zwecken gerichtet oder wenigstens von der Zerstörung dieser Zwecke abgehalten zu werden. Hier ist es nun freilich nicht erlaubt zu räsonnieren; sondern man muß gehorchen. Sofern sich aber dieser Teil der Maschine zugleich

3. Friedrich der Große, König von Preußen (1740–86).

als Glied eines ganzen gemeinen Wesens, ja sogar der Weltbürgergesellschaft ansieht, mithin in der Qualität eines Gelehrten, der sich an ein Publikum im eigentlichen Verstande durch Schriften wendet, kann er allerdings räsonnieren, ohne daß dadurch die Geschäfte leiden, zu denen er zum Teile als passives Glied angesetzt ist. So würde es sehr verderblich sein, wenn ein Offizier, dem von seinen Oberen etwas anbefohlen wird, im Dienste über die Zweckmäßigkeit oder Nützlichkeit dieses Befehls laut vernünfteln wollte; er muß gehorchen. Es kann ihm aber billigermaßen nicht verwehrt werden, als Gelehrter über die Fehler im Kriegesdienste Anmerkungen zu machen und diese seinem Publikum zur Beurteilung vorzulegen. Der Bürger kann sich nicht weigern, die ihm auferlegten Abgaben zu leisten; sogar kann ein vorwitziger Tadel solcher Auflagen, wenn sie von ihm geleistet werden sollen, als ein Skandal, (das allgemeine Widersetzlichkeiten veranlassen könnte), bestraft werden. Ebenderselbe handelt demohngeachtet der Pflicht eines Bürgers nicht entgegen, wenn er als Gelehrter wider die Unschicklichkeit oder auch Ungerechtigkeit solcher Ausschreibungen öffentlich seine Gedanken äußert. Ebenso ist ein Geistlicher verbunden, seinen Katechismusschülern und seiner Gemeine nach dem Symbol[4] der Kirche, der er dient, seinen Vortrag zu tun, denn er ist auf diese Bedingung angenommen worden. Aber als Gelehrter hat er volle Freiheit, ja sogar den Beruf dazu, alle seine sorgfältig geprüften und wohlmeinenden Gedanken über das Fehlerhafte in jenem Symbol und Vorschläge wegen besserer Einrichtung des Religions- und Kirchenwesens dem Publikum mitzuteilen. Es ist hiebei auch nichts, was dem Gewissen zur Last gelegt werden könnte. Denn was er zufolge seines Amts als Geschäftträger der Kirche lehrt, das stellt er als etwas vor, in Ansehung dessen er nicht freie Gewalt hat, nach eigenem Gutdünken zu lehren, sondern das er nach Vorschrift und im Namen eines andern vorzutragen angestellt ist. Er wird sagen: unsere Kirche lehrt dieses oder jenes; das sind die Beweisgründe, deren sie sich bedient. Er zieht alsdann allen praktischen Nutzen für seine Gemeinde aus Satzungen, die er selbst nicht mit

4. christliches Tauf- oder Glaubensbekenntnis.

voller Überzeugung unterschreiben würde, zu deren Vortrag er sich gleichwohl anheischig machen kann, weil es doch nicht ganz unmöglich ist, daß darin Wahrheit verborgen läge, auf alle Fälle aber wenigstens doch nichts der innern Religion Widersprechendes darin angetroffen wird. Denn glaubte er das letztere darin zu finden, so würde er sein Amt mit Gewissen nicht verwalten können; er müßte es niederlegen. Der Gebrauch also, den ein angestellter Lehrer von seiner Vernunft vor seiner Gemeinde macht, ist bloß ein *Privatgebrauch*, weil diese immer nur eine häusliche, obzwar noch so große Versammlung ist; und in Ansehung dessen ist er als Priester nicht frei und darf es auch nicht sein, weil er einen fremden Auftrag ausrichtet. Dagegen als Gelehrter, der durch Schriften zum eigentlichen Publikum, nämlich der Welt spricht, mithin der Geistliche im *öffentlichen Gebrauche* seiner Vernunft, genießt einer uneingeschränkten Freiheit, sich seiner eigenen Vernunft zu bedienen und in seiner eigenen Person zu sprechen. Denn daß die Vormünder des Volks (in geistlichen Dingen) selbst wieder unmündig sein sollen, ist eine Ungereimtheit, die auf Verewigung der Ungereimtheiten hinausläuft.

Aber sollte nicht eine Gesellschaft von Geistlichen, etwa eine Kirchenversammlung oder eine ehrwürdige Classis (wie sie sich unter den Holländern selbst nennt), berechtigt sein, sich eidlich auf ein gewisses unveränderliches Symbol zu verpflichten, um so eine unaufhörliche Obervormundschaft über jedes ihrer Glieder und vermittelst ihrer über das Volk zu führen und diese so gar zu verewigen? Ich sage: das ist ganz unmöglich. Ein solcher Kontrakt, der auf immer alle weitere Aufklärung vom Menschengeschlechte abzuhalten geschlossen würde, ist schlechterdings null und nichtig; und sollte er auch durch die oberste Gewalt, durch Reichstage und die feierlichsten Friedensschlüsse bestätigt sein. Ein Zeitalter kann sich nicht verbünden und darauf verschwören, das folgende in einen Zustand zu setzen, darin es ihm unmöglich werden muß, seine (vornehmlich so sehr angelegentliche) Erkenntnisse zu erweitern, von Irrtümern zu reinigen und überhaupt in der Aufklärung weiterzuschreiten. Das wäre ein Verbrechen wider die menschliche Natur, deren ursprüngliche Bestimmung gerade in diesem Fortschreiten besteht; und die Nachkommen sind also vollkommen dazu berechtigt, jene Beschlüsse, als unbefugter und frevelhafter Weise genommen, zu verwerfen. Der Probierstein alles dessen, was über ein Volk als Gesetz beschlossen werden kann, liegt in der Frage: ob ein Volk sich selbst wohl ein solches Gesetz auferlegen könnte? Nun wäre dieses wohl, gleichsam in der Erwartung eines bessern, auf eine bestimmte kurze Zeit möglich, um eine gewisse Ordnung einzuführen: indem man es zugleich jedem der Bürger, vornehmlich dem Geistlichen, frei ließe, in der Qualität eines Gelehrten öffentlich, d. i. durch Schriften, über das Fehlerhafte der dermaligen Einrichtung seine Anmerkungen zu machen, indessen die eingeführte Ordnung noch immer fortdauerte, bis die Einsicht in die Beschaffenheit dieser Sachen öffentlich so weit gekommen und bewähret worden, daß sie durch Vereinigung ihrer Stimmen (wenngleich nicht aller) einen Vorschlag vor den Thron bringen könnte, um diejenigen Gemeinden in Schutz zu nehmen, die sich etwa nach ihren Begriffen der besseren Einsicht zu einer veränderten Religionseinrichtung geeinigt hätten, ohne doch diejenigen zu hindern, die es beim alten wollten bewenden lassen. Aber auf eine beharrliche, von niemanden öffentlich zu bezweifelnde Religionsverfassung auch nur binnen der Lebensdauer eines Menschen sich zu einigen, und dadurch einen Zeitraum in dem Fortgange der Menschheit zur Verbesserung gleichsam zu vernichten und fruchtlos, dadurch aber wohl gar der Nachkommenschaft nachteilig zu machen, ist schlechterdings unerlaubt. Ein Mensch kann zwar für seine Person und auch alsdann nur auf einige Zeit in dem, was ihm zu wissen obliegt, die Aufklärung aufschieben; aber auf sie Verzicht zu tun, es sei für seine Person, mehr aber noch für die Nachkommenschaft, heißt die heiligen Rechte der Menschheit verletzen und mit Füßen treten. Was aber nicht einmal ein Volk über sich selbst beschließen darf, das darf noch weniger ein Monarch über das Volk beschließen; denn sein gesetzgebendes Ansehen beruht eben darauf, daß er den gesamten Volkswillen in dem seinigen vereinigt. Wenn er nur darauf sieht, daß alle wahre oder vermeinte Verbesserung mit der bürgerlichen Ordnung zusammenbestehe, so kann er seine Untertanen übrigens nur selbst machen lassen, was sie um ihres Seelenheils willen zu tun nötig finden; das geht ihn nichts an, wohl aber zu verhüten, daß nicht einer den andern gewalttätig hindere, an der Bestimmung und Beförderung desselben nach allem seinen Vermögen zu arbeiten. Es tut selbst seiner Majestät Abbruch, wenn er sich hierin mischt, indem er die Schriften, wodurch seine Untertanen ihre Einsichten ins reine zu bringen suchen, seiner Regierungsaufsicht würdigt, sowohl wenn er dieses aus eigener höchsten Einsicht tut, wo er sich dem Vorwurfe aussetzt: Caesar non est supra grammaticos[5], als auch und noch weit mehr, wenn er seine oberste Gewalt soweit erniedrigt, den geistlichen Despotism einiger Tyrannen in seinem Staate gegen seine übrigen Untertanen zu unterstützen.

Wenn denn nun gefragt wird: leben wir jetzt in einem *aufgeklärten* Zeitalter? so ist die Antwort: Nein, aber wohl in einem Zeitalter der *Aufklärung.* Daß die Menschen, wie die Sachen jetzt stehen, im ganzen genommen, schon imstande wären oder darin auch nur gesetzt werden könnten, in Religionsdingen sich ihres eigenen Verstandes ohne Leitung eines andern sicher und gut zu bedienen, daran fehlt noch sehr viel. Allein, daß jetzt ihnen doch das Feld geöffnet wird, sich dahin frei zu bearbeiten und die Hindernisse der allgemeinen Aufklärung oder des Ausganges aus ihrer selbstverschuldeten Unmündigkeit allmählich weniger werden, davon haben wir doch deutliche Anzeigen. In diesem Betracht ist dieses Zeitalter das Zeitalter der Aufklärung oder das Jahrhundert *Friederichs.*

Ein Fürst, der es seiner nicht unwürdig findet zu sagen, daß er es für *Pflicht* halte, in Religionsdingen den Menschen nichts vorzuschreiben, sondern ihnen darin volle Freiheit zu lassen, der also selbst den hochmütigen Namen der *Toleranz* von sich ablehnt, ist selbst aufgeklärt und verdient von der dankbaren Welt und Nachwelt als derjenige gepriesen zu werden, der zuerst das menschliche Geschlecht der Unmündigkeit, wenigstens von seiten der Regierung, entschlug und jedem frei ließ, sich in allem, was Gewissensangelegenheit ist, seiner eigenen Vernunft zu bedienen. Unter ihm dürfen verehrungswürdige Geistliche, unbeschadet ihrer Amtspflicht,

5. Caesar gebietet nicht den Grammatikern.

ihre vom angenommenen Symbol hier oder da abweichenden Urteile und Einsichten, in der Qualität der Gelehrten frei und öffentlich der Welt zur Prüfung darlegen; noch mehr aber jeder andere, der durch keine Amtspflicht eingeschränkt ist. Dieser Geist der Freiheit breitet sich auch außerhalb aus, selbst da, wo er mit äußeren Hindernissen einer sich selbst mißverstehenden Regierung zu ringen hat. Denn es leuchtet dieser doch ein Beispiel vor, daß bei Freiheit für die öffentliche Ruhe und Einigkeit des gemeinen Wesens nicht das mindeste zu besorgen sei. Die Menschen arbeiten sich von selbst nach und nach aus der Rohigkeit heraus, wenn man nur nicht absichtlich künstelt, um sie darin zu erhalten.

Ich habe den Hauptpunkt der Aufklärung, d. i. des Ausganges der Menschen aus ihrer selbstverschuldeten Unmündigkeit, vorzüglich *in Religionssachen* gesetzt, weil in Ansehung der Künste und Wissenschaften unsere Beherrscher kein Interesse haben den Vormund über ihre Untertanen zu spielen, überdem auch jene Unmündigkeit, so wie die schädlichste, also auch die entehrendste unter allen ist. Aber die Denkungsart eines Staatsoberhaupts, der die erstere begünstigt, geht noch weiter und sieht ein: daß selbst in Ansehung seiner *Gesetzgebung* es ohne Gefahr sei, seinen Untertanen zu erlauben, von ihrer eigenen Vernunft *öffentlichen* Gebrauch zu machen und ihre Gedanken über eine bessere Abfassung derselben, sogar mit einer freimütigen Kritik der schon gegebenen, der Welt öffentlich vorzulegen; davon wir ein glänzendes Beispiel haben, wodurch noch kein Monarch demjenigen vorging, welchen wir verehren.

Aber auch nur derjenige, der, selbst aufgeklärt, sich nicht vor Schatten fürchtet, zugleich aber ein wohldiszipliniertes zahlreiches Heer zum Bürgen der öffentlichen Ruhe zur Hand hat, – kann das sagen, was ein Freistaat nicht wagen darf. *Räsonniert, soviel ihr wollt, und worüber ihr wollt; nur gehorcht!* So zeigt sich hier ein befremdlicher, nicht erwarteter Gang menschlicher Dinge; sowie auch sonst, wenn man ihn im großen betrachtet, darin fast alles paradox ist. Ein größerer Grad bürgerlicher Freiheit scheint der Freiheit des *Geistes* des Volks vorteilhaft und setzt ihr doch unübersteigliche Schranken; ein Grad weniger von jener verschafft hingegen diesem Raum, sich nach allem seinen Vermögen auszubreiten. Wenn denn die Natur unter dieser harten Hülle den Keim, für den sie am zärtlichsten sorgt, nämlich den Hang und Beruf zum *freien Denken*, ausgewickelt hat: so wirkt dieser allmählich zurück auf die Sinnesart des Volks, (wodurch dies der *Freiheit zu handeln* nach und nach fähiger wird), und endlich auch sogar auf die Grundsätze der *Regierung*, die es ihr selbst zuträglich findet, den Menschen, der nun *mehr als Maschine*[6] ist, seiner Würde gemäß zu behandeln.

Königsberg in Preußen, den 30. Septemb. 1784.«

(Kants Werke. Bd. 4 hrsg. von Artur Buchenau u. Ernst Cassirer. Berlin 1922. S. 167–176)

Lessing, »Die Erziehung des Menschengeschlechts« (1780):

§ 1

Was die Erziehung bei dem einzeln Menschen ist, ist die Offenbarung bei dem ganzen Menschengeschlechte.

§ 2

Erziehung ist Offenbarung, die dem einzeln Menschen geschieht: und Offenbarung ist Erziehung, die dem Menschengeschlechte geschehen ist, und noch geschieht.

§ 3

Ob die Erziehung aus diesem Gesichtspunkte zu betrachten, in der Pädagogik Nutzen haben kann, will ich hier nicht untersuchen. Aber in der Theologie kann es gewiß sehr großen Nutzen haben, und viele Schwierigkeiten heben, wenn man sich die Offenbarung als eine Erziehung des Menschengeschlechts vorstellet.

§ 4

Erziehung gibt dem Menschen nichts, was er nicht auch aus sich selbst haben könnte: sie gibt ihm das, was er aus sich selber haben könnte, nur geschwinder und leichter. Also gibt

6. Die Anspielung bezieht sich auf die materialistische Auffassung des Menschen in Julien Offray de Lamettries «L'homme-machine«, Leiden 1748.

auch die Offenbarung dem Menschengeschlechte nichts, worauf die menschliche Vernunft, sich selbst überlassen, nicht auch kommen würde: sondern sie gab und gibt ihm die wichtigsten dieser Dinge nur früher.

§ 5

Und so wie es der Erziehung nicht gleichgültig ist, in welcher Ordnung sie die Kräfte des Menschen entwickelt; wie sie dem Menschen nicht alles auf einmal beibringen kann: ebenso hat auch Gott bei seiner Offenbarung eine gewisse Ordnung, ein gewisses Maß halten müssen.

§ 6

Wenn auch der erste Mensch mit einem Begriffe von einem Einigen Gotte sofort ausgestattet wurde: so konnte doch dieser mitgeteilte, und nicht erworbene Begriff unmöglich lange in seiner Lauterkeit bestehen. Sobald ihn die sich selbst überlassene menschliche Vernunft zu bearbeiten anfing, zerlegte sie den Einzigen Unermeßlichen in mehrere Ermeßlichere, und gab jedem dieser Teile ein Merkzeichen.

§ 7

So entstand natürlicher Weise Vielgötterei und Abgötterei. Und wer weiß, wie viele Millionen Jahre sich die menschliche Vernunft noch in diesen Irrwegen würde herumgetrieben haben; ohngeachtet überall und zu allen Zeiten einzelne Menschen erkannten, daß es Irrwege waren: wenn es Gott nicht gefallen hätte, ihr durch einen neuen Stoß eine bessere Richtung zu geben.

§ 8

Da er aber einem jeden *einzeln Menschen* sich nicht mehr offenbaren konnte, noch wollte: so wählte er sich ein *einzelnes Volk* zu seiner besondern Erziehung; und eben das ungeschliffenste, das verwildertste, um mit ihm ganz von vorne anfangen zu können.

§ 9

Dies war das israelitische Volk, von welchem man gar nicht einmal weiß, was es für einen Gottesdienst in Ägypten hatte.

Denn an dem Gottesdienste der Ägyptier durften so verachtete Sklaven nicht teilnehmen: und der Gott seiner Väter war ihm gänzlich unbekannt geworden.

§ 36

Die Offenbarung hatte seine Vernunft geleitet, und nun [in der babylonischen Gefangenschaft] erhellte die Vernunft auf einmal seine Offenbarung.

§ 37

Das war der erste wechselseitige Dienst, den beide einander leisteten; und dem Urheber beider ist ein solcher gegenseitiger Einfluß so wenig unanständig, daß ohne ihm eines von beiden überflüssig sein würde.

§ 76

Man wende nicht ein, daß dergleichen Vernünfteleien über die Geheimnisse der Religion untersagt sind. – Das Wort Geheimnis bedeutete, in den ersten Zeiten des Christentums, ganz etwas anders, als wir itzt darunter verstehen; und die Ausbildung geoffenbarter Wahrheiten in Vernunftswahrheiten ist schlechterdings notwendig, wenn dem menschlichen Geschlechte damit geholfen sein soll. Als sie geoffenbaret wurden, waren sie freilich noch keine Vernunftswahrheiten; aber sie wurden geoffenbaret, um es zu werden. Sie waren gleichsam das Fazit, welches der Rechenmeister seinen Schülern voraussagt, damit sie sich im Rechnen einigermaßen darnach richten können. Wollten sich die Schüler an dem vorausgesagten Fazit begnügen: so würden sie nie rechnen lernen, und die Absicht, in welcher der gute Meister ihnen bei ihrer Arbeit einen Leitfaden gab, schlecht erfüllen.

§ 77

Und warum sollten wir nicht auch durch eine Religion, mit deren historischen Wahrheit, wenn man will, es so mißlich aussieht, gleichwohl auf nähere und bessere Begriffe vom göttlichen Wesen, von unsrer Natur, von unsern Verhältnissen zu Gott, geleitet werden können, auf welche die menschliche Vernunft von selbst nimmermehr gekommen wäre?

§ 78

Es ist nicht wahr, daß Spekulationen über diese Dinge jemals Unheil gestiftet, und der bürgerlichen Gesellschaft nachteilig geworden. – Nicht den Spekulationen: dem Unsinne, der Tyrannei, diesen Spekulationen zu steuern; Menschen, die ihre eigenen hatten, nicht ihre eigenen zu gönnen, ist dieser Vorwurf zu machen.

§ 79

Vielmehr sind dergleichen Spekulationen – mögen sie im einzeln doch ausfallen, wie sie wollen – unstreitig die *schicklichsten* Übungen des menschlichen Verstandes überhaupt, solange das menschliche Herz überhaupt, höchstens nur vermögend ist, die Tugend wegen ihrer ewigen glückseligen Folgen zu lieben.

§ 80

Denn bei dieser Eigennützigkeit des menschlichen Herzens, auch den Verstand nur allein an dem üben wollen, was unsere körperlichen Bedürfnisse betrifft, würde ihn mehr stumpfen, als wetzen heißen. Er will schlechterdings an geistigen Gegenständen geübt sein, wenn er zu seiner völligen Aufklärung gelangen, und diejenige Reinigkeit des Herzens hervorbringen soll, die uns, die Tugend um ihrer selbst willen zu lieben, fähig macht.

§ 81

Oder soll das menschliche Geschlecht auf diese höchste Stufen der Aufklärung und Reinigkeit nie kommen? Nie?

§ 82

Nie? – Laß mich diese Lästerung nicht denken, Allgütiger! – Die Erziehung hat ihr *Ziel*; bei dem Geschlechte nicht weniger als bei dem Einzeln. Was erzogen wird, wird zu Etwas erzogen.

§ 83

Die schmeichelnden Aussichten, die man dem Jünglinge eröffnet; die Ehre, der Wohlstand, die man ihm vorspiegelt: was sind sie mehr, als Mittel, ihn zum Manne zu erziehen, der auch dann, wenn diese Aussichten der Ehre und des Wohlstandes wegfallen, seine Pflicht zu tun vermögend sei.

§ 84

Darauf zwecke die menschliche Erziehung ab: und die göttliche reiche dahin nicht? Was der Kunst mit dem Einzeln gelingt, sollte der Natur nicht auch mit dem Ganzen gelingen? Lästerung! Lästerung!

§ 85

Nein; sie wird kommen, sie wird gewiß kommen, die Zeit der Vollendung, da der Mensch, je überzeugter sein Verstand einer immer bessern Zukunft sich fühlet, von dieser Zukunft gleichwohl Bewegungsgründe zu seinen Handlungen zu erborgen, nicht nötig haben wird; da er das Gute tun wird, weil es das Gute ist, nicht weil willkürliche Belohnungen darauf gesetzt sind, die seinen flatterhaften Blick ehedem bloß heften und stärken sollten, die innern bessern Belohnungen desselben zu erkennen.

§ 86

Sie wird gewiß kommen, die Zeit eines *neuen ewigen Evangeliums*, die uns selbst in den Elementarbüchern des Neuen Bundes versprochen wird.

(Lessing: Die Erziehung des Menschengeschlechts und andere Schriften. Mit einem Nachwort von Helmut Thielicke. Stuttgart 1965. Reclams UB Nr. 8968)

Karl Marx (1818–83), »Die Deutsche Ideologie« (1845 bis 1846):

»Die Tatsache ist also die: bestimmte Individuen, die auf bestimmte Weise produktiv tätig sind, gehen diese bestimmten gesellschaftlichen und politischen Verhältnisse ein. Die empirische Beobachtung muß in jedem einzelnen Fall den Zusammenhang der gesellschaftlichen und politischen Gliederung mit der Produktion empirisch und ohne alle Mystifikation und Spekulation aufweisen. Die gesellschaftliche Gliederung und der Staat gehen beständig aus dem Lebensprozeß bestimmter Individuen hervor; aber dieser Individuen,

nicht wie sie in der eignen oder fremden Vorstellung erscheinen mögen, sondern wie sie *wirklich* sind, d. h. wie sie wirken, materiell produzieren, also wie sie unter bestimmten materiellen und von ihrer Willkür unabhängigen Schranken, Voraussetzungen und Bedingungen tätig sind.
Die Produktion der Ideen, Vorstellungen, des Bewußtseins ist zunächst unmittelbar verflochten in die materielle Tätigkeit und den materiellen Verkehr der Menschen, Sprache des wirklichen Lebens. Das Vorstellen, Denken, der geistige Verkehr der Menschen erscheinen hier noch als direkter Ausfluß ihres materiellen Verhaltens. Von der geistigen Produktion, wie sie in der Sprache der Politik, der Gesetze, der Moral, der Religion, Metaphysik usw. eines Volkes sich darstellt, gilt dasselbe. Die Menschen sind die Produzenten ihrer Vorstellungen, Ideen pp, aber die wirklichen, wirkenden Menschen, wie sie bedingt sind durch eine bestimmte Entwicklung ihrer Produktivkräfte und des denselben entsprechenden Verkehrs bis zu seinen weitesten Formationen hinauf. Das Bewußtsein kann nie etwas Andres sein als das bewußte Sein, und das Sein der Menschen ist ihr wirklicher Lebensprozeß. Wenn in der ganzen Ideologie die Menschen und ihre Verhältnisse, wie in einer Camera obscura, auf den Kopf gestellt erscheinen, so geht dies Phänomen ebensosehr aus ihrem historischen Lebensprozeß hervor, wie die Umdrehung der Gegenstände auf der Netzhaut aus ihrem unmittelbar physischen.
Ganz im Gegensatz zur deutschen Philosophie, welche vom Himmel auf die Erde herabsteigt, wird hier von der Erde zum Himmel gestiegen. D. h. es wird nicht ausgegangen von dem, was die Menschen sagen, sich einbilden, sich vorstellen, auch nicht von den gesagten, gedachten, eingebildeten, vorgestellten Menschen, um davon aus bei den leibhaftigen Menschen anzukommen; es wird von den wirklich tätigen Menschen ausgegangen und aus ihrem wirklichen Lebensprozeß auch die Entwicklung der ideologischen Reflexe und Echos dieses Lebensprozesses dargestellt. Auch die Nebelbildungen im Gehirn der Menschen sind notwendige Sublimate ihres materiellen, empirisch konstatierbaren, und an materielle Voraussetzungen geknüpften Lebensprozesses. Die Moral, Religion, Metaphysik und sonstige Ideologie und die

ihnen entsprechenden Bewußtseinsformen behalten hiermit nicht länger den Schein der Selbstständigkeit. Sie haben keine Geschichte, sie haben keine Entwicklung, sondern die ihre materielle Produktion und ihren materiellen Verkehr entwickelnden Menschen ändern mit dieser ihrer Wirklichkeit auch ihr Denken und die Produkte ihres Denkens. Nicht das Bewußtsein bestimmt das Leben, sondern das Leben bestimmt das Bewußtsein. In der ersten Betrachtungsweise geht man von dem Bewußtsein als dem lebendigen Individuum aus, in der zweiten, dem wirklichen Leben entsprechenden, von den wirklichen lebendigen Individuen selbst und betrachtet das Bewußtsein nur als *ihr* Bewußtsein.

Diese Betrachtungsweise ist nicht voraussetzungslos. Sie geht von den wirklichen Voraussetzungen aus, sie verläßt sie keinen Augenblick. Ihre Voraussetzungen sind die Menschen nicht in irgend einer phantastischen Abgeschlossenheit und Fixierung, sondern in ihrem wirklichen empirisch anschaulichen Entwicklungsprozeß unter bestimmten Bedingungen. Sobald dieser tätige Lebensprozeß dargestellt wird, hört die Geschichte auf, eine Sammlung toter Fakta zu sein, wie bei den selbst noch abstrakten Empirikern, oder eine eingebildete Aktion eingebildeter Subjekte, wie bei den Idealisten.

Da, wo die Spekulation aufhört, beim wirklichen Leben, beginnt also die wirkliche, positive Wissenschaft, die Darstellung der praktischen Betätigung, des praktischen Entwicklungsprozesses der Menschen.«

(Marx-Engels-Gesamtausgabe. 1. Abt., Bd. 5. Berlin 1932. S. 15 f.)

Max Horkheimer (geb. 1895), »Religion und Philosophie« (1966):

»Fortschritt der Wissenschaft, inhaltlich wie formal, stempelt Denken zur Funktion, zum Instrument. Das Wort ist ein Zeichen für Tatsachen, selbst eine Tatsache in der Unendlichkeit von Tatsachen, in der sowohl Sonne, Mond und Erde wie die besondere Milchstraße, zu der sie gehören, der Einzelne wie alle und alles verschwinden auf Nimmerwiedersehen. Was die Tatsachen im Sinne ewiger Bedeutung transzendiert, wird zur unhaltbaren Illusion, zum Feld des freien Spekulierens, eine überholte, früheren Stufen menschlicher Entwicklung entsprechende Welterklärung. Der faule Frieden zwischen Wissenschaft und Glauben als verschiedenen Fächern, eines für das Vorwärtskommen, für Wirtschaft, Politik und Landesverteidigung, kurz, die Wirklichkeit, das andere für die Seele, bedeutet die Resignation der Theologie. Der Sieger ist generös. Unsere Begriffe, konzediert der Wissenschaftler, sind methodisch fruchtbare Fiktionen, Ordnungsmechanismen, Zeichen, um an richtiger Stelle zum richtigen Zeitpunkt Tatsachen genau vorherzusagen. Wissenschaft ist Mittel zur Beherrschung der Natur, zur Konstruktion der Automaten und Raketen, zur Rationalisierung der Gesellschaft; absolute Wahrheit, was immer das heißen mag, wird von exakter Forschung gern den Geistlichen wie Künstlern jeder Observanz überlassen. Soweit Philosophie mit logischen Hilfsarbeiten oder, als sogenannte Geisteswissenschaft, mit abstrakter Geschichte von Philosophen und Philosophemen sich begnügt, ja mit Worten wie Sein und Seiendes, Wesen und Anwesen oder ewigen Werten hantiert, wird ihr noch immer ein akademisches Fach reserviert.

Auch Religion verfällt der Arbeitsteilung. Ihre Einordnung als nicht recht notwendige Disziplin in den Betrieb aktuellen Wissens, wie er an Schulen und Hochschulen sich vollzieht, bezeichnet ihren Rückgang wie den der Zivilisation, für die ihre Auffassung von Welt und Leben einmal kennzeichnend war. Je mehr seit der Renaissance die aufstrebende Wissenschaft, die Ausbreitung ihrer Denkweise in Widerspruch zur Theologie geriet, desto mehr übernahm Philosophie die Aufgabe, die christliche Lehre, zumindest ihre Postulate, durch rationale, der Wissenschaft verwandte Methoden zu stützen. Der Begriff Gottes als des Schöpfers, Gesetzgebers und Richters, vor allem die für das Funktionieren der Gesellschaft wichtigsten Maximen, sollten als Vernunftwahrheiten mit der Wissenschaft in Einklang gebracht werden. Unabhängig vom gefährdeten Gedanken der Offenbarung wurden deren Postulate durch die Reflexion des Denkens auf sich selbst als ewige Maximen hingestellt. In solchem Bemühen kamen philosophische Systeme verschiedenster Richtung überein. Die Tendenz, angesichts der fortschreitenden Weltkenntnis europäische Kultur zu retten, führte zum Ursprung des Humanismus wie zur Entfaltung der neueren Philosophie. Enger als jener ist sie mit dem Gedanken verknüpft, daß ohne Gott Moral, Unsterblichkeit der Seele, das Leben der Gesellschaft zurückgehen muß. Wie sehr Descartes und Leibniz, auch Kant, der strengen Wissenschaft verhaftet sind, die Legitimation der höchsten religiösen Prinzipien dadurch, daß sie mit dem Vernunftbegriff identifiziert werden, bildet in ihrem Denken ein entscheidendes Motiv. Demgegenüber hat unter den Großen jener Periode David Hume im bürgerlichen England Moral auf rational neutrale Menschenliebe, Religion bereits auf Konvention zurückgeführt. Luther hatte die Vergeblichkeit der rationalistischen Versuche schon vorausgesehen. Deshalb haßte er Erasmus wie die Philosophie schlechthin. ›Vernunft, du bist eine Hure, ich will dir nicht folgen.‹* Da er auf das irrationale Prinzip, die Gnade, konsequent sich verließ und es verschmähte, das rechte Verhalten aus Vernunft zu deduzieren, blieb ihm gesellschaftlich nichts übrig, als den Staat und die Verwaltung, die bestehende Obrigkeit zu vergotten. Seine Lehre bildet einen eigenen Versuch, Religion zu retten. Jenseits von Wissenschaft sei nicht bloß Irrtum und Aberglaube. Unter all den Vorstellungen, die durch Erfahrung und Vernunft nicht zu begründen sind, sollen die christlichen als Glauben gelten. Außer Richtigem und Falschem gebe es ein Drittes, Gottes Wort. Hatte einst die Hochscholastik zwischen theologischem und säkularem Wissen keinen Widerspruch gekannt, nur wenige der höchsten christlichen Wahrheiten allein dem übernatürlichen Licht zugeschrieben, so steht nach Luther die der Bibel eigene Weltansicht neben den ihr widersprechenden neuen wissenschaftlichen Ansichten, unvermittelt durch Philosophie. Es gibt ein Verhältnis von Erde, Himmel, Hölle, Menschen, Seelen und Gott, das fortgeschrittener Erkenntnis nicht näher ist als das Reich der griechischen Götter oder Astrologie und Magie und trotzdem gelten soll, als heiliger Text. Er umfaßt Berichte, Thesen und Gebote, sanktioniert durch Herkommen und Institutionen, von Erfahrung und Evidenz durch einen sich vertiefenden Abgrund getrennt; denn ›die Religion wird durch fortschreitende Verstandes-

* Zit. nach Hartmann Grisar, »Luther«, Freiburg 1912, III., S. 836.

bildung zurückgedrängt‹*. Der Teil der Jugend, der infolge des veränderten Familienlebens die Religion nicht als Moment der eigenen Substanz in sich bewahrt, sondern als zweifelhafte Tradition zur Kenntnis nimmt, bleibt im Grunde ratlos.«

(Horkheimer: Zur Kritik der instrumentellen Vernunft. Frankfurt a. M.: S. Fischer 1967. S. 230–232)

* Schopenhauer, »Handschriftlicher Nachlaß«, hrsg. von Frauenstädt, 1864, S. 429.

VII. Literaturhinweise

1. Ausgaben

Sämtliche Schriften. Hrsg. von Karl Lachmann. 3., durchges. und verm. Aufl., besorgt durch Franz Muncker. 23 Bde. Stuttgart/Berlin/Leipzig: Göschen / de Gruyter, 1886–1924. Nachdr. Berlin / New York: de Gruyter, 1979. [Zit. als: L/M.]

Werke. Vollständige Ausgabe in 25 Teilen. Hrsg. von Julius Petersen und Waldemar von Olshausen. Berlin/Leipzig/Wien/Stuttgart: Bong, [1925–35]. Nachdr. Hildesheim / New York: Olms, 1970. [Zit. als: P/O.]

Gesammelte Werke. Hrsg. von Paul Rilla. 10 Bde. 2. Aufl. Berlin/Weimar: Aufbau-Verlag, 1968.

Werke. Hrsg. von Herbert G. Göpfert. 8 Bde. München: Hanser, 1970–79.

Werke und Briefe. 12 in 14 Bdn. Hrsg. von Wilfried Barner zus. mit Klaus Bohnen, Gunter E. Grimm, Helmuth Kiesel, Arno Schilson, Axel Schmitt, Jürgen Stenzel und Conrad Wiedemann. Frankfurt a. M.: Deutscher Klassiker Verlag, 1985 ff.

Nathan der Weise. (Faks.-Ausg. des ersten Druckes.) Leipzig: Insel Verlag, 1910.

Nathan der Weise. Für die Bühne eingerichtet von Friedrich Schiller. In: F. Sch.: Werke. Nationalausgabe. Bd. 13. Hrsg. von Hans Heinrich Borcherdt. Weimar: Böhlau, 1949.

Nathan der Weise. Vollständiger Text. Dokumentation. Hrsg. von Peter Demetz. Frankfurt a. M. / Berlin: Ullstein, 1966.

Lessings *Nathan*. Der Autor, der Text, seine Umwelt, seine Folgen. Hrsg. von Helmut Göbel. Berlin: Wagenbach, 1977.

2. Bibliographien und Forschungsberichte

Seifert, Siegfried: Lessing-Bibliographie. Berlin/Weimar 1973.

Guthke, Karl S.: Grundfragen der Lessingforschung. Neuere Ergebnisse, Probleme, Aufgaben. In: Wolfenbütteler Studien zur Aufklärung 2 (1975) S. 10–46.

Guthke, Karl S.: Gotthold Ephraim Lessing. 3., erw. und überarb. Aufl. Stuttgart 1979. (Sammlung Metzler. 65.)

– Aufgaben der Lessing-Forschung heute. Unvorgreifliche Folgerungen aus neueren Interessenrichtungen. In: Das Bild Lessings in der Geschichte. Hrsg. von Herbert G. Göpfert. Heidelberg 1981. (Wolfenbütteler Studien zur Aufklärung. 9.) S. 131–161.

Lessing-Bibliographie 1971–1985. Bearb. von Doris Kuhles unter Mitarb. von Erdmann von Wilamowitz-Moellendorff. Berlin/Weimar 1988.

3. Gesamtdarstellungen

Altenhofer, Norbert: Gotthold Ephraim Lessing. In: Deutsche Dichter. Bd. 3: Aufklärung und Empfindsamkeit. Hrsg. von Gunter E. Grimm und Frank Rainer Max. Stuttgart 1988. (Reclams Universal-Bibliothek. 8613.) S. 184–232.

Barner, Wilfried / Reh, A. M. (Hrsg.): Nation und Gelehrtenrepublik. Lessing im europäischen Zusammenhang. Detroit/München 1984.

– / Grimm, Gunter E. / Kiesel, Helmuth / Kramer, Martin unter Mitw. von Volker Badstübner und Rolf Kellner: Lessing: Epoche – Werk – Wirkung. 5., neubearb. Aufl. München 1987. (Arbeitsbücher für den literaturgeschichtlichen Unterricht. Beck'sche Elementarbücher.)

Braun, Julius W. (Hrsg.): Lessing im Urtheile seiner Zeitgenossen. Zeitungskritiken, Berichte und Notizen, Lessing und seine Werke betreffend, aus den Jahren 1747–1781. 3 Bde. Berlin 1884–97. Nachdr. Hildesheim 1969.

Bauer, Gerhard / Bauer, Sibylle (Hrsg.): Gotthold Ephraim Lessing. Darmstadt 1968. (Wege der Forschung. 211.)

Danzel, Theodor Wilhelm / Guhrauer, Gottschalk Eduard: Gotthold Ephraim Lessing. Sein Leben und seine Werke. 2 Bde. Leipzig 1850–54. – Berichtigte und verm. Neuaufl. bes. von Wendelin von Maltzahn und Robert Boxberger. 2 Bde. Berlin 1880/81.

Daunicht, Richard (Hrsg.): Lessing im Gespräch. Berichte und Urteile von Freunden und Zeitgenossen. München 1971.

Drews, Wolfgang: Gotthold Ephraim Lessing in Selbstzeugnissen und Bilddokumenten. Reinbek 1962. (rowohlts monographien. 75.)

Durzak, Manfred: Zu Gotthold Ephraim Lessing. Poesie im bürgerlichen Zeitalter. Stuttgart 1984.

Göbel, Helmut: Bild und Sprache bei Lessing. München 1971.
Guthke, Karl S.: Gotthold Ephraim Lessing. 3., erw. und überarb. Aufl. Stuttgart 1979. (Sammlung Metzler. 65.)
Hildebrandt, Dieter: Lessing. Biographie einer Emanzipation. Frankfurt a. M. / Berlin / Wien 1982.
Hillen, Gerd: Lessing-Chronik. Daten zu Leben und Werk. München/Wien 1979.
Jens, Walter: In Sachen Lessing. Vorträge und Essays. Stuttgart 1983. (Reclams Universal-Bibliothek. 7931.)
Kröger, Wolfgang: Gotthold Ephraim Lessing. Stuttgart 1995. (Literaturwissen für Schule und Studium.)
Mann, Otto: Lessing. Sein und Leistung. Hamburg 1949.
Mehring, Franz: Die Lessing-Legende. Eine Rettung. Nebst einem Anhange über den historischen Materialismus. Stuttgart 1893.
Michelsen, Peter: Der unruhige Bürger. Studien zu Lessing und zur Literatur des 18. Jahrhunderts. Würzburg 1990.
Oehlke, Waldemar: Lessing und seine Zeit. 2 Bde. München 1919. ^{2}1929.
Rilla, Paul: Lessing und sein Zeitalter. Berlin 1960.
Ritzel, Wolfgang: Gotthold Ephraim Lessing. Stuttgart [u. a.] 1966.
Schmidt, Erich: Lessing. Geschichte seines Lebens und seiner Schriften. 2 Bde. Berlin 1884/92.
Steinmetz, Horst (Hrsg.): Lessing – ein unpoetischer Dichter. Dokumente aus drei Jahrhunderten zur Wirkungsgeschichte Lessings in Deutschland. Frankfurt a. M. / Bonn 1969.
– Gotthold Ephraim Lessing. In: Deutsche Dichter des 18. Jahrhunderts. Ihr Leben und Werk. Hrsg. von Benno von Wiese. Berlin 1977. S. 210–248.
Wiese, Benno von: Lessing. Dichtung, Ästhetik, Philosophie. Leipzig 1931.
Wölfel, Kurt (Hrsg.): Lessings Leben und Werk in Daten und Bildern. Frankfurt a. M. 1967.

4. Forschungsliteratur

Adolf, Helen: Wesen und Art des Rings: Lessings Parabel, nach mittelalterlichen Quellen gedeutet. In: German Quarterly 34 (1961) S. 228–234.

Aner, Karl: Die Theologie der Lessingzeit. Halle 1929. – Nachdr. Hildesheim 1964.

Arendt, Dieter: Lessings *Nathan der Weise* und das opus supererogatum – oder: Der Mensch als Rolle und die Rolle des Menschen in der Aufklärung. In: Diskussion Deutsch 16 (1985) S. 243–263.

– Lessings *Nathan der Weise* oder der Tempelherr, ein Pimpf und Pionier im Purgatorium der Aufklärung. In: Der Deutschunterricht 46 (1993) S. 394–404.

Atkins, Stuart: The Parable of the Ring in Lessing's *Nathan der Weise*. In: Germanic Review 26 (1951) S. 259–267.

Bahr, Ehrhard: Die Bilder- und Sinnbereiche von Feuer und Wasser in Lessings *Nathan der Weise*. In: Lessing Yearbook 6 (1974) S. 83–96.

Barner, Wilfried: Produktive Rezeption. Lessing und die Tragödien Senecas. München 1973.

Bauer, Gerhard: Revision von Lessings *Nathan*. Anspruch, Strategie, Politik und Selbstverständnis der neuen Klasse. In: Der alte Kanon neu. Hrsg. von Walter Raiz und Erhard Schütz. Opladen 1976. S. 69–108.

Bauer, Roger: Spinoza-Reminiszenzen in Lessings *Nathan der Weise*? In: Festschrift für Herbert Kolb zu seinem 65. Geburtstag. Hrsg. von Klaus Matzel und Hans-Gert Roloff [...]. Bern [u. a.] 1989. S. 1–20.

Bennett, Benjamin: Reason, Error and the Shape of History. Lessing's *Nathan* and Lessing's God. In: Lessing Yearbook 9 (1977) S. 60–80.

Birus, Hendrik: Poetische Namengebung. Zur Bedeutung der Namen in Lessings *Nathan der Weise*. Göttingen 1978. (Palaestra. 270.)

– »Introite, nam et heic Dii sunt!« Einiges über Lessings Mottoverwendung und das Motto zum *Nathan*. In: Euphorion 75 (1981) S. 379–410.

Bizet, J. A.: La sagesse de Nathan. In: Etudes Germaniques 10 (1955) S. 269–275. – Übers. wiederabgedr. u. d. T. »Die Weisheit Nathans« in: Gotthold Ephraim Lessing. Hrsg. von Gerhard und Sibylle Bauer. Darmstadt 1968. (Wege der Forschung. 211.) S. 302–311.

Boden, August: Lessing und Goeze. Ein Beitrag zur Literatur- und Kirchengeschichte des 18. Jahrhunderts. Leipzig/Heidelberg 1862.

Böhler, Michael J.: Lessings *Nathan der Weise* als Spiel vom Grunde. In: Lessing Yearbook 3 (1971) S. 128–150.
Bohnen, Klaus (Hrsg.): Lessings *Nathan der Weise*. Darmstadt 1984. (Wege der Forschung. 587.)
– Gleichheit als Postulat und Problem im Werk G. E. Lessings. In: Text & Kontext 9 (1981) S. 218–236.
Bohnert, Christiane: Enlightenment and Despotism. Two Worlds in Lessing's *Nathan der Weise*. In: Impure Reason. Hrsg. von W. Daniel Wilson und Robert C. Holub. Detroit (Mich.) 1993.
Bollacher, Martin: Lessing: Vernunft und Geschichte. Untersuchungen zum Problem religiöser Aufklärung in den Spätschriften. Tübingen 1978.
Bonnemann, Elsbeth: Lessingkritik und Lessingbild der Romantik. Diss. Köln 1933.
Boxberger, Robert / Zacher, Julius: Zu Lessings *Nathan*. In: Zeitschrift für deutsche Philologie 5 (1874) S. 433–441; 6 (1875) S. 304–329.
Brandon, W.: German Freemasonry and *Nathan der Weise*. In: Language Quarterly 16 (1977) S. 5–10.
Brüggemann, Fritz: Die Weisheit in Lessings *Nathan*. In: Zeitschrift für Deutschkunde 39 (1925) S. 557–582. – Wiederabgedr. in: Gotthold Ephraim Lessing. Hrsg. von Gerhard and Sibylle Bauer. Darmstadt 1968. (Wege der Forschung. 211.) S. 74–82.
Cassirer, Ernst: Lessings Denkstil. In: Gotthold Ephraim Lessing. Hrsg. von Gerhard und Sibylle Bauer. Darmstadt 1968. (Wege der Forschung. 211.) S. 54–73. – Auszug aus: E. C.: Freiheit und Form. Studien zur deutschen Geistesgeschichte. Berlin 1916.
– Die Philosophie der Aufklärung. Tübingen 1932.
Cosack, Wilhelm: Bilder und Gleichnisse in ihrer Bedeutung für Lessings Stil. Danzig 1869. (Programm der Realschule erster Ordnung.) S. 1–18.
Critchfield, Richard: The Mixing of old and new Wisdom. On Lessing's *Nathan der Weise* and Brecht's *Der kaukasische Kreidekreis*. In: Lessing Yearbook 14 (1982) S. 161–175.
Dilthey, Wilhelm: Das Erlebnis und die Dichtung. Lessing, Goethe, Novalis, Hölderlin. Leipzig 1906.
Düffel, Peter von: Gotthold Ephraim Lessing, *Nathan der Weise*. Erläuterungen und Dokumente. Bibliogr. erg. Ausg. Stuttgart 1985. (Reclams Universal-Bibliothek. 8118.)

Dütschke, E.: Lessings *Nathan*. In: Neue Jahrbücher für das klassische Altertum, Geschichte und deutsche Literatur und für Pädagogik 49 (1922) S. 63–81.

Eibl, Karl: Gotthold Ephraim Lessing. *Nathan der Weise*. In: Deutsche Dramen. Interpretationen zu Werken von der Aufklärung bis zur Gegenwart. Hrsg. von Harro Müller-Michaels. Bd. 1. Königstein i. Ts. 1981. S. 3–30.

Eckardt, Jo-Jacqueline: Lessing's *Nathan the Wise* and his Critics. 1779–1991. Columbia (S. C.) 1993.

Emigholz, G.: Lessings sprachliche Form im Drama. Diss. Münster 1955.

Ernst, Fritz: Lessing, *Nathan der Weise*. In: F. E.: Meisterdramen. Olten 1956. S. 17–27.

Fick, Monika: Die »Offenbarung der Natur«. Eine naturphilosophische Konzeption in Lessings *Nathan der Weise*. In: Jahrbuch der Deutschen Schillergesellschaft 39 (1995) S. 113–129.

Fischer, Kuno: Lessings *Nathan der Weise*. Idee und Charaktere der Dichtung. Stuttgart 1864.

Fittbogen, Gottfried: Die Religion Lessings. Leipzig 1923. – Nachdr. New York / London 1967.

Flügel, Heinz: *Nathan der Weise* – Tragik und Toleranz. In: H. F.: Konturen des Tragischen. Stuttgart 1965. S. 85–99.

Friedrich, Wolf-Hartmut: Menander redivivus. Zur Wiedererkennung im *Nathan*. In: W.-H. F.: Dauer im Wechsel. Hrsg. von C. Joachim Classen und Ulrich Schindel. Göttingen 1977. S. 147–160.

Freund, Gerhard: Theologie im Widerspruch. Die Lessing-Goeze-Kontroverse. Stuttgart 1989.

Fuhrmann, Helmut: Lessings *Nathan der Weise* und das Wahrheitsproblem. In: Lessing Yearbook 15 (1983) S. 63–94.

Garland, Henry B.: Lessing, the Founder of Modern German Literature. Cambridge 1937. [2]1949.

Gehrke, Hans: Lessings *Nathan der Weise*. Interpretationen und unterrichtsbezogene Hinweise. Neubearb. von Friedhelm Kicherer. 4., erw. Aufl. Hollfeld 1983.

Glogner, Günther: Zu Lessings Ringparabel. In: Der evangelische Erzieher 14 (1962) S. 83–89.

Grosse, Emil: Beitrag zur Kenntnis von Lessings Interpunktion. In: Wissenschaftliche Monats-Blätter 7 (1879) S. 194–202.

Gustafson, Susan E.: Der Zustand des stummen Staunens. Language

Skepticism in *Nathan der Weise* and *Ernst und Falk*. In: Lessing Yearbook 18 (1986) S. 1–19.
Guthke, Karl S.: Lessing und das Judentum. Rezeption. Dramatik und Kritik. Krypto-Spinozismus. In: Judentum im Zeitalter der Aufklärung. Wolfenbüttel 1977. (Wolfenbütteler Studien zur Aufklärung. 4.) S. 229–271.
– Das deutsche bürgerliche Trauerspiel. 3. Aufl. Stuttgart 1980.
Gutjahr, Ortrud: Rhetorik des Tabus in Lessings *Nathan der Weise*. In: Streitkultur. Strategien des Überzeugens im Werk Lessings [...]. Hrsg. von Wolfram Mauser und Günter Saße. Tübingen 1993. S. 269–278.
Haller, Rudolf: Studie über den deutschen Blankvers. In: Deutsche Vierteljahrsschrift für Literatur und Geistesgeschichte 31 (1957) S. 380–424.
Harth, Dietrich: G. E. Lessing oder die Paradoxien der Selbsterkenntnis. München 1993.
Hartmann, Horst: *Nathan der Weise*. In: Der Deutschunterricht 43 (1990) S. 548–552.
Hartung, Günter: *Nathan der Weise* und die Toleranz. In: Lessing-Konferenz Halle 1979. Hrsg. von Hans-Georg Werner. Halle 1980. S. 176–190.
Heitner, Robert R.: Lessing, Diderot, and the Bourgois Drama. Diss. Harvard 1949.
Heller, Peter: Paduan Coins. Concerning Lessing's »Parable of the three Rings«. In: Lessing Yearbook 5 (1973) S. 163–171.
Hermes, Eberhard: Aus der Frühzeit der Novelle. Göttingen 1964.
Heydemann, Klaus: Gesinnung und Tat. Zu Lessings *Nathan der Weise*. In: Lessing Yearbook 7 (1975) S. 69–104.
Hirsch, Walter: *Nathan der Weise* oder das Ideal der Vollendung. In: W. H.: Das Drama des Bewußtseins. Literarische Texte in philosophischer Sicht. Würzburg 1995.
Hodge, James L.: Men, Moods, and Modals in *Nathan der Weise*. In: Helen Adolf Festschrift. Hrsg. von Sheema Z. Buehne [u. a.]. New York 1968. S. 166–186.
Hoensbroeck, Marion: Die List der Kritik. Lessings kritische Schriften und Dramen. München 1976.
Höltermann, A.: Lessings *Nathan* im Lichte von Leibniz' Philosophie. In: Zeitschrift für Deutschkunde 42 (1928) S. 494–507.
Kamnitzer, Heinz: Lessing's Concept of Tolerance in Historical Perspective. Diss. Seattle 1951.

Kaufmann, Friedrich W.: Nathan's Crisis. In: Monatshefte für deutschen Unterricht, deutsche Sprache und Literatur 48 (1956) S. 277–280.

Kettner, Gustav: Lessings Dramen im Lichte ihrer und unserer Zeit. Berlin 1904.

Klüger, Ruth: Kreuzzug und Kinderträume in Lessings *Nathan der Weise*. In: R. K.: Katastrophen. Über deutsche Literatur. Göttingen 1994.

Koebner, Thomas: *Nathan der Weise*. Ein polemisches Stück? In: Th. K.: Zurück zur Natur: Ideen der Aufklärung und ihre Nachwirkung. Heidelberg 1993. S. 243–291.

König, Dominik von: *Nathan der Weise* in der Schule: Ein Beitrag zur Wirkungsgeschichte Lessings. In: Lessing Yearbook 6 (1974) S. 108–138.

– Natürlichkeit und Wirklichkeit. Studien zu Lessings *Nathan der Weise*. Bonn 1976.

Kommerell, Max: Lessing und Aristoteles. Frankfurt a. M. 1940.

Kopitzsch, Franklin: Lessing und seine Zeitgenossen im Spannungsfeld von Toleranz und Intoleranz. In: Deutsche Aufklärung und Judenemanzipation. Tel-Aviv 1980. S. 29–85.

Kowalik, Jill A.: *Nathan der Weise* as Lessing's Work of Mourning. In: Lessing Yearbook 21 (1989) S. 1–17.

Kröger, Wolfgang: Gotthold Ephraim Lessing, *Nathan der Weise*. Interpretation. 2., überarb. und verb. Aufl. München 1991.

Lagny, Anne: Lessings großartiger Lakonismus. In: Die Affekte und ihre Repräsentation in der deutschen Literatur der Frühen Neuzeit. Hrsg. von Jean-Daniel Krebs. Bern/Berlin 1996. S. 49–64.

Leisegang, Hans: Lessings Weltanschauung. Leipzig 1931.

Lorey, Christoph: Lessings Familienbild im Wechselbereich von Gesellschaft und Individuum. Bonn/Berlin 1992.

Lüpke, Johannes von: Wege der Weisheit. Studien zu Lessings Theologiekritik. Göttingen 1989.

McCarthy, John A.: »So viele Worte, so viele Lügen«. Überzeugungsstrategien in *Emilia Galotti* und *Nathan der Weise*. In: Streitkultur. Strategien des Überzeugens im Werk Lessings [. . .]. Hrsg. von Wolfram Mauser und Günter Saße. Tübingen 1993. S. 349–362.

Mann, Otto / Straube-Mann, Rotraut: Lessing-Kommentar. Bd. 1: Zu den Dichtungen und ästhetischen Schriften. München 1971.

Maurer, Warren R.: The Integration of the Ring Parable in Lessing's *Nathan der Weise*. In: Monatshefte für deutschen Unterricht, deutsche Sprache und Literatur 54 (1962) S. 49–57.

Mauser, Wolfram / Saße, Günter (Hrsg.): Streitkultur. Strategien des Überzeugens im Werk Lessings. Tübingen 1993.

Mayer, Hans: Der weise Nathan und der Räuber Spiegelberg. Antinomien der jüdischen Emanzipation in Deutschland. In: Jahrbuch der Deutschen Schillergesellschaft 17 (1973) S. 253–272. – Wiederabgedr. in: Klaus L. Bohnen (Hrsg.): Lessing's *Nathan der Weise*. Darmstadt 1984. (Wege der Forschung. 587.)

Mayser, Eugen: Lessings *Nathan der Weise*. Versuch einer Deutung. In: Pädagogische Provinz 9 (1955) S. 596–603.

Metzger, Michael M.: Lessing and the Language of Comedy. Den Haag 1966.

Meyer-Benfey, Heinrich: *Nathan der Weise*. In: H. M.-B.: Lessing und Hamburg. Hamburg 1946. S. 42–51.

Mohri, Wilhelm: Die Technik des Dialoges in Lessings Dramen. Elberfeld 1929. (Diss. Heidelberg 1929.)

Müller, Joachim: Zur Dialogstruktur in Lessings Nathan-Drama. In: J. M.: Epik, Dramatik, Lyrik. Halle 1974.

Müller, Karl-Josef: Konstruierte Humanität. Zu Lessings *Nathan der Weise*, Goethes *Iphigenie auf Tauris* und Brechts *Maßnahme*. In: Germanisch-Romanische Monatsschrift 45 (1995) S. 301–314.

Neumann, Peter Horst: Der Preis der Mündigkeit. Über Lessings Dramen. Stuttgart 1977.

Niemeyer, Eduard: Lessings *Nathan der Weise* durch eine historisch-kritische Einleitung und einen fortlaufenden Commentar [...] erläutert. Leipzig 1855.

Niewöhner, Friedrich: Veritas sive Varietas. Lessings Toleranzparabel und das Buch *Von den drei Betrügern*. Heidelberg 1988. (Veröffentlichung der Lessing-Akademie Wolfenbüttel.)

Oelmüller, Willi: Die unbefriedigte Aufklärung. Beiträge zu einer Theorie der Moderne von Lessing, Kant und Hegel. Frankfurt a. M. 1969.

Pabst, Carl Robert: Vorlesungen über G. E. Lessings *Nathan*. Berlin 1881.

Paris, Gaston: La parabole des trois anneaux. In: G. P.: La poésie du moyen âge. Paris 1895. S. 131–163.

Pelters, Wilm: Lessings Standort. Sinndeutung der Geschichte als Kern seines Denkens. Heidelberg 1972.

Petzold, Joachim: Das Schachspiel als Toleranzsymbol in Lessings *Nathan der Weise*. In: Zeitschrift für Religions- und Geistesgeschichte 47 (1995) S. 37–54.

Pfaff, Peter: Theaterlogik. Zum Begriff einer poetischen Weisheit in Lessings *Nathan der Weise*. In: Lessing Yearbook 15 (1983) S. 95–109.

Pfeil, Viktoria: Lessing und die Schauspielkunst. Ein Beitrag zur Geschichte der unmittelbaren Bühnenanweisung. Darmstadt 1924. (Diss. Gießen 1924.)

Piedmont, Ferdinand: Unterdrückt und rehabilitiert. Zur Theatergeschichte von Lessings *Nathan der Weise* von den zwanziger Jahren bis zur Gegenwart. In: Lessing Yearbook 19 (1987) S. 85–94.

Politzer, Heinz: Lessings Parabel von den drei Ringen. In: The German Quarterly 31 (1958) S. 161–177. – Wiederabgedr. in: H. P.: Das Schweigen der Sirenen. Stuttgart 1968. S. 339–372.

Pütz, Peter: Die Leistung der Form. Lessings Dramen. Frankfurt a. M. 1986.

Rahner, Thomas: Gotthold Ephraim Lessings *Nathan der Weise*. Inhalt, Hintergrund, Interpretation. München 1995.

Rilla, Paul: Lessings Waffe der Philosophie. In: Sinn und Form 6 (1954) S. 34–81.

Rindskopf, Siegmund: Der sprachliche Ausdruck der Affekte in Lessings dramatischen Werken. Diss. Würzburg 1901. – Wiederabgedr. in: Zeitschrift für deutschen Unterricht 15 (1901) S. 545–584.

Robertson, John George: Lessing's Dramatic Theory. Cambridge 1939.

Rohrmoser, Günter: Lessing. *Nathan der Weise*. In: Das deutsche Drama vom Barock bis zur Gegenwart. Interpretationen. Hrsg. von Benno von Wiese. Bd. 1. Düsseldorf 1958. S. 113–126.

– Lessing und die religionsphilosophische Fragestellung der Aufklärung. In: Lessing und die Zeit der Aufklärung. Göttingen 1968. S. 116–129.

Scherer, Wilhelm: Zu Lessings *Nathan*. In: W. Sch.: Vorträge und Aufsätze zur Geschichte des geistigen Lebens in Deutschland und Österreich. Berlin 1874. S. 328–336.

Schilson, Arno: Dichtung und (religiöse) Wahrheit. Überlegungen zu Art und Aussage von Lessings Drama *Nathan der Weise*. In: Lessing Yearbook 27 (1995) S. 1–18.

Schings, Hans-Jürgen: Der mitleidigste Mensch ist der beste Mensch. Poetik des Mitleids von Lessing bis Büchner. München 1980.

Schlütter, Hans-Jürgen: ». . . als ob die Wahrheit Münze wäre«. Zu *Nathan der Weise* III/6. In: Lessing Yearbook 10 (1978) S. 65–74.

Schmidt, Gerhart: Der Begriff der Toleranz im Hinblick auf Lessing. In: Wolfenbütteler Studien zur Aufklärung 2 (1975) S. 121–136.

Schmitz, Wolfgang: Pränatales zur Erstausgabe des *Nathan*. Neue Untersuchungen zur Interdependenz von Autor, Werk und Drucklegung. In: Bürgerlichkeit im Umbruch. Studien zum deutschsprachigen Drama 1750–1800. Hrsg. von Helmut Koopmann. Tübingen 1993. S. 71–88.

Schneider, Heinrich: Lessing. Zwölf biographische Studien. Bern/München 1951.

Schneider, Johannes: Lessings Stellung zur Theologie vor der Herausgabe der Wolfenbüttler Fragmente. Den Haag [o. J.]. (Diss. Amsterdam 1953.)

Schnell, Josef: Dramaturgische Struktur und soziales Handeln. Didaktische Struktur und soziales Handeln. Didaktische Überlegungen zur Lektüre von Lessings *Nathan der Weise*. In: Der Deutschunterricht 28 (1976) H. 2. S. 46–54. – Wiederabgedr. in: Klaus L. Bohnen (Hrsg.): Lessing's *Nathan der Weise*. Darmstadt 1984. (Wege der Forschung. 587.)

Schrimpf, Hans-Joachim: Lessing und Brecht. Von der Aufklärung auf dem Theater. Pfullingen 1965.

Schröder, Jürgen: Gotthold Ephraim Lessing. Sprache und Drama. München 1972.

Schultze, Harald: Lessings Toleranzbegriff. Eine theologische Studie. Göttingen 1969.

Schulz, Ursula: Lessing auf der Bühne. Chronik der Theateraufführungen. 1748–1789. Bremen/Wolfenbüttel 1977.

Schwarz, Carl: Gotthold Ephraim Lessing als Theologe. Ein Beitrag zur Geschichte der Theologie im 18. Jahrhundert. Halle 1854.

Schweitzer, Christoph E.: Die Erziehung Nathans. In: Monatshefte für deutschen Unterricht, deutsche Sprache und Literatur 53 (1961) S. 277–284.

Seeba, Hinrich C.: Die Liebe zur Sache. Öffentliches und privates Interesse in Lessings Dramen. Tübingen 1973.

Sedding, Gerhard: Gotthold Ephraim Lessing, *Nathan der Weise*. Stuttgart 1991.

Shell, Marc: »What is truth?« Lessing's Numismatics and Heidegger's Alchemy. In: Modern Language Notes 92 (1977) S. 549–570.
Simon, Ralf: Nathans Argumentationsverfahren: Konsequenzen der Fiktionalisierung von Theorie in Lessings Drama *Nathan der Weise*. In: Deutsche Vierteljahrsschrift für Literaturwissenschaft und Geistesgeschichte 65 (1991) H. 4. S. 609–635.
Stadelmaier, Gerhard: Lessing auf der Bühne. Ein Klassiker im Theateralltag (1968–74). Tübingen 1980.
Stenzel, Jürgen: Idealisierung und Vorurteil. Zur Figur des ›edlen‹ Juden in der deutschen Literatur des 18. Jahrhunderts. In: Juden in der deutschen Literatur. Ein deutsch-israelisches Symposion. Hrsg. von Stéphane Moses und Albrecht Schöne. Frankfurt a. M. 1986. S. 114–126.
Strohschneider-Kohrs, Ingrid: Lessings Nathan-Dichtung als ›eine Art von Anti-Candide‹. In: Nation und Gelehrtenrepublik. Lessing im europäischen Zusammenhang. Hrsg. von W. Barner und A. M. Reh. Detroit/München 1984. S. 270–302.
Stümcke, Heinrich (Hrsg.): Die Fortsetzungen, Nachahmungen und Travestien von Lessings *Nathan der Weise*. Berlin 1904.
Suesse-Fiedler, Sigrid: *Nathan der Weise* und seine Leser, eine wirkungsästhetische Studie. Stuttgart 1980.
Thielicke, Helmut: Offenbarung, Vernunft und Existenz. Studien zur Religionsphilosophie Lessings. 3., erw. Aufl. Gütersloh 1957.
Thomas, Werner: Opus supererogatum. Didaktische Skizze für Interpretation von Lessings *Nathan der Weise*. In: Der Deutschunterricht 11 (1959) H. 3. S. 41–70.
Timm, Hermann: Der dreieinige Ring. Lessings parabolischer Gottesbeweis mit der Ringparabel des *Nathan*. In: Euphorion 77 (1983) S. 113–126.
Todt, Wilhelm: Lessing in England 1767–1850. Heidelberg 1912.
Traub, Friedrich: Geschichtswahrheiten und Vernunftswahrheiten bei Lessing. In: Zeitschrift für Theologie und Kirche N. F. 1 (1920) S. 193–207.
Turk, Horst: Dialektischer Dialog. Literaturwissenschaftliche Untersuchung zum Problem der Verständigung. Göttingen 1975.
Vonhausen, Astrid J.: Rolle und Individualität. Zur Funktion der Familie in Lessings Dramen. Bern/Berlin 1993.
Wackernagel, Wilhelm: Lessings *Nathan der Weise*. In: W. W.: Kleinere Schriften. Bd. 2. Leipzig 1873. S. 452–480. – Neudr. Osnabrück 1966.

Walker, John: »Der echte Ring vermutlich ging verloren«. Lessing's ›Ringparabel‹ and the Contingency of Enlightenment in *Nathan der Weise*. In: Oxford German Studies 23 (1994) S. 45–70.

Wehrli, Beatrice: Kommunikative Wahrheitsfindung. Zur Funktion der Sprache in Lessings Dramen. Tübingen 1983.

Werder, Karl: Vorlesungen über Lessings *Nathan*. Berlin 1892.

Wernsing, Arnim V.: Nathan der Spieler. Über den Sinn von Spiel in Lessings *Nathan der Weise*. In: Wirkendes Wort 20 (1970) S. 52–59.

Wessels, Hans-Dietrich: Lessings *Nathan der Weise*. Seine Wirkungsgeschichte bis zum Ende der Goethezeit. Königstein i. Ts. 1979.

Whiton, John: Aspects of Reason and Emotion in Lessing's *Nathan der Weise*. In: Lessing Yearbook 9 (1977) S. 45–59.

Wirtz, Erika A.: Lessing's Religion and *Nathan der Weise*. In: Modern Language 49 (1968) S. 62–67.

Woesler, Winfried: Zur Ringparabel in Lessings *Nathan*. Die Herkunft der Motive. In: Wirkendes Wort 43 (1993) S. 557–568.

Wünsche, August: Der Ursprung der Parabel von den drei Ringen. In: Lessing-Mendelssohn-Gedenkbuch. Leipzig 1879. S. 329–349.

Zarncke, Friedrich: Über den fünffüßigen Iambus mit besonderer Rücksicht auf seine Behandlung durch Lessing, Schiller und Goethe. Leipzig 1865.

Zeißig, Gottfried: Die Überwindung der Rede im Drama. Vergleichende Untersuchungen des dramatischen Sprachstils in der Tragödie Gottscheds, Lessings und der Stürmer und Dränger. Leipzig 1930. – Teilabdr. u. d. T. »Das Drama Lessings« in: Gotthold Ephraim Lessing. Hrsg. von Gerhard und Sibylle Bauer. Darmstadt 1968. (Wege der Forschung. 211.) S. 143–171.

Zitzmann, Rudolf: Zur Interpretation von Lessings dramatischem Gedicht »Nathan der Weise« im Unterricht der höheren Schule. In: Wirkendes Wort 13 (1963) S. 229–239.

Zymner, Rüdiger: »Der Stein war ein Opal ...«: eine versteckte Kunst-Apotheose in Lessings morgenländischer »Ringparabel«? In: Lessing Yearbook 24 (1992) S. 77–96.

Inhalt

Gotthold Ephraim Lessing

IN RECLAMS UNIVERSAL-BIBLIOTHEK

Briefe, die neueste Literatur betreffend. 504 S. UB 9339

D. Faust. Die Matrone von Ephesus. Fragmente. 80 S. UB 6719

Emilia Galotti. Trauerspiel. 102 S. UB 45 – dazu *Erläuterungen und Dokumente.* 109 S. UB 8111

Die Erziehung des Menschengeschlechts und andere Schriften. 95 S. UB 8968

Fabeln. Abhandlungen über die Fabel. 167 S. UB 27

Der Freigeist. Lustspiel. 117 S. UB 9981

Hamburgische Dramaturgie. 704 S. UB 7738

Die Juden. Lustspiel. 88 S. UB 7679

Der junge Gelehrte. Lustspiel. 128 S. UB 37

Kritik und Dramaturgie. Ausgewählte Prosa. 94 S. UB 7793

Laokoon oder über die Grenzen der Malerei und Poesie. 232 S. UB 271

Minna von Barnhelm oder das Soldatenglück. Lustspiel. 114 S. UB 10 – dazu *Erläuterungen und Dokumente.* 111 S. UB 8108

Miß Sara Sampson. Trauerspiel. 96 S. UB 16 – dazu *Erläuterungen und Dokumente.* 93 S. UB 8169

Nathan der Weise. Dramatisches Gedicht. 172 S. UB 3 – dazu *Erläuterungen und Dokumente.* 175 S. UB 8118

Das Theater des Herrn Diderot. 456 S. UB 8283

Interpretationen: *Lessings Dramen.* 4 Beiträge. 211 S. UB 8411

Philipp Reclam jun. Stuttgart